Helene Uri

Anna am Freitag

Ein Roman über Sprache

Aus dem Norwegischen von Gabriele Haefs

CARLSEN

1. Auflage 1999

Originalverlag: Gyldendal Norsk Forlag, Oslo
Originaltitel: Anna på fredag
Umschlag: Doris K. Künster
Satz: H & G Herstellung, Hamburg
Druck und Bindung: Pustet, Regensburg
ISBN 3-551-58036-7
Printed in Germany

Ich lerne Anna kennen

Es ist mitten in der Nacht. Ich liege auf dem Bauch im Bett, die Nachttischlampe brennt. Vor mir auf dem Kissen liegt ein Stapel weißer Blätter. In meiner rechten Hand halte ich einen Kugelschreiber. Auf dem obersten Blatt stehen vier, fast fünf Sätze. Ich möchte nämlich die Geschichte von Anna und mir aufschreiben. Die Geschichte über alle, die Anna und mir begegnet sind, über alles, was Anna erzählt hat, und alles, was ich gelernt habe.

In meinem Kopf schwirren Gedanken und Wörter nur so durcheinander: Die Walnuss von Anna. Rosamarias Karten. Die rote Schrift: »Wir sind die Gedanken, die du gedacht hast. Wir sind die Wörter, die du geschrieben hast.« Annas letzter Zettel. »Wir sind viele.« Und die leere Tüte.

Vieles von dem, was passiert ist, verstehe ich nicht, und vielleicht werde ich es nie verstehen. Vieles kommt mir seltsam vor, anderes total verrückt. Aber ich glaube, es hilft, wenn ich alles so aufschreibe, wie es passiert ist. Sicher wäre das Anna auch recht.

Alles fing damit an, dass meine Mutter jeden Freitag auch abends arbeiten musste. »Könntest du nicht zu Hause bleiben und dich um Helle kümmern? Und ich koche dir etwas Schönes, dann kannst du es dir richtig gemütlich machen, wenn sie im Bett ist. Du könntest doch Hausaufgaben machen oder fernsehen, bis ich wieder da bin. Meinst du nicht, dass das geht?«

Ich schüttelte den Kopf und sagte, dass ich freitagabends immer mit Tom und den anderen Fußball spiele und dass ich mir für diese Abende wirklich etwas Witzigeres vorstellen könnte, als bei meiner kleinen Schwester den Babysitter zu spielen. Woraufhin meine Mutter etwas wütend wurde. Und die ganze Sache so endete, wie sie oft bei uns endet. Ich hielt die Klappe und meine Mutter wurde noch wütender, sie hielt mir vor, dass ich nie mein Zimmer aufräumte, dass ich ihr wirklich mehr helfen könnte, dass ich meine Hausaufgaben vernachlässigte und mich abends zu oft draußen rumtreiben würde.

Ich ging auf mein Zimmer und knallte mit der Tür. Es war ein Dienstag. Am Freitag lernte ich dann Anna kennen. Ich kam vom Fußball, ging ins Wohnzimmer und meine Mutter sagte: »Das ist Anna.«

Ich sah Anna an, Anna sah mich an. Ich sah eine Frau von vielleicht zwanzig Jahren. Sie hatte hellbraune lange Haare, eine runde Brille, große, ein wenig abstehende Ohren, und sie lutschte irgendein Bonbon. Ihre Augen waren klein und saßen ein bisschen schräg, außerdem waren sie ganz hell. Sie sah klug und nett, ein bisschen langweilig und ziemlich verlegen aus. Meine Mutter sagte: »Anna kommt jetzt immer freitags her und passt auf Helle auf. Außerdem habe ich sie gebeten sich auch ein wenig um dich zu kümmern.«

Als meine Mutter das sagte, wurden Annas Ohren fast so rot wie meine Haare. An der Stimme meiner Mutter konnte ich hören, dass sie noch immer ein bisschen sauer auf mich war, weil ich nicht auf Helle aufpassen wollte. Ich nickte nur, drehte mich um und wollte auf mein Zimmer gehen. Aber plötzlich hatte ich das Gefühl, dass hinter meinem Rücken etwas passierte. Ich wandte den Kopf, doch meine Mutter und Anna saßen noch immer auf dem Sofa und unterhielten sich, keine sah mich auch nur an. Oder hatte Anna mir zugezwinkert, als ich mich umgedreht hatte? Ich war mir nicht sicher. Ich schüttelte den Kopf und ging die Treppe hoch. Ich dachte an Anna und seufzte. Von nun an würden die Freitage sicher erbärmlich öde ausfallen. Ich beschloss, so wenig wie möglich zu Hause zu sein, wenn Anna kam, und so wenig wie möglich mit ihr zu tun zu haben.

Während ich das hier aufschreibe, muss ich ein bisschen über mich lachen, es kam ja schließlich alles ganz anders. Aber ehe ich mehr über mich und Anna schreibe, sollte ich ein wenig von mir erzählen.

Ich heiße Björn-Oskar und ich wohne mit meiner Mutter und meiner kleinen Schwester zusammen. Meine Mutter ist an sich in Ordnung, obwohl wir uns ziemlich oft fetzen. Meine kleine Schwester ist erst acht Monate alt und heißt Helle. Außerdem gehört zu unserer Familie noch ein Kater. Er heißt Gustav Mahler und liebt Schmierkäse und hart gekochte Eier, überhaupt ist er ziemlich eigen.

Ich habe natürlich auch noch ein paar Freunde. Ich bin viel zusammen mit Lasse, Terje und Tom aus meiner Klasse. Und in unserer Parallelklasse ist eine, die Anniken heißt, die finde ich ziemlich toll. Eigentlich bin ich also ein ganz normaler Junge. Einer, der gerne Fußball spielt und Sport lieber hat als Mathe und Norwegisch. Englisch finde ich auch ganz in Ordnung. Außerdem lese ich gerne, aber nur Bücher, die nichts mit der Schule zu tun haben.

Gerade habe ich eine kleine Pause eingelegt, um zu lesen, was ich bisher geschrieben habe. Jetzt, wo ich hier mitten in der Nacht im Bett liege und lese, komme ich mir absolut nicht vor wie ein »ganz normaler Junge«. Was ich erlebt habe, ist jedenfalls nicht »ganz normal«.

Als Anna zum ersten Mal zu uns kam, um auf Helle aufzupassen, hatte ich mich mit Tom und den anderen am Kiosk verabredet. Ich wollte schließlich nicht zu Hause sein, wenn Anna da war. Tom hatte gesagt, dass vielleicht auch Anniken und Karin kommen würden. Wir hatten vor, Fußball zu spielen. Ich zog die Jacke an und wollte schon gehen, als mir einfiel, dass ich total abgebrannt war. Ich hatte nicht eine einzige Krone. Aber da es ganz nett wäre, den Mädchen eine Limo ausgeben zu können, wenn es sich gerade so ergab, musste ich Anna um Geld bitten, obwohl ich mich eigentlich ohne einen Gruß verdrücken wollte. Ich hörte Helle im Wohnzimmer vor sich hin brabbeln, deshalb nahm ich an, dass ich dort auch Anna finden würde. Ehe ich mir die Sache anders überlegen konnte, hatte ich auch schon die Tür aufgerissen.

Und damit fängt meine Geschichte richtig an.

Ich und Anna begegnen einem Wikinger

»Hassumanpakroon?«

»Klar kann ich dir gern ein paar Kronen geben«, antwortete Anna überrascht. Sie legte ihr Buch zur Seite. Helle saß zu ihren Füßen auf dem Boden und spielte mit einem Rennauto. Gustav Mahler lag auf Annas Schoß und schnurrte laut, obwohl er Fremde sonst eigentlich nicht leiden konnte. Annas Buch war dick und grau, es hieß »Theoretische Linguistik« und sah ebenso grau und öde aus wie Anna selber. Auf dem Tisch lag die größte Tüte Himbeerbonbons, die ich je gesehen hatte, besonders voll war sie allerdings nicht mehr. Ich blieb in der Wohnzimmertür stehen und wartete auf das Geld. Anna musterte mich lange und ausgiebig. Ich wollte gerade noch einmal um das Geld bitten, als sie sagte: »Übrigens hast du gerade ein wunderbares Beispiel dafür geliefert, warum du und ein Wikinger einander nicht verstehen könntet.«

»Ein Wikinger?«, fragte ich. Ich kapierte überhaupt nichts.

Und dann passierte etwas. Annas Augen leuchteten fast gelb hinter ihren Brillengläsern, ihre großen Ohren glühten und sie murmelte etwas Unverständliches. Dann hörte ich ein scharfes Geräusch und fuhr herum. Neben dem Fernseher stand ein seltsam gekleideter Mann. Er trug einen kurzen Kittel aus dickem Wollstoff. Der Kittel war blau, darunter hatte er ein weißes Hemd. Er trug einen Ledergürtel und seine Hose war ebenfalls aus Leder. Er war barfuß, seine Haare fielen ihm auf die Schultern und unrasiert war er auch. Er sah aus wie ein Rocksänger. Nachdem er Anna lächelnd zugenickt hatte, schaute er mich an und sagte: »Góðan dag. Ek heiti Gunnleikr. Hvé heitir þú?«

Ich starrte den Mann an, brachte aber kein Wort heraus. »Guten Tag, Gunnleikr, nett dich zu sehen«, sagte Anna und zwinkerte mir zu. Sie sprach sehr langsam und betont deutlich, das fiel mir auf. »Das hier sind Björn-Oskar und seine kleine Schwester Helle.«

»Bjørn-Ásgeirr?«, wiederholte Gunnleikr.

»Oskar«, korrigierte Anna. »Aber im Grunde ist es ja der gleiche Name«, sagte sie dann zu sich. Danach schaute sie mich neugierig an und meinte: »Hier hast du deinen Wikinger, Björn-Oskar – verstehst du, was er sagt?«

Ich hatte mich in den Schaukelstuhl fallen lassen und mein Herz hämmerte wie wild. Ich hatte richtig Angst. Anna dagegen saß auf dem Sofa und sah ein wenig gespannt, aber sonst ganz ruhig aus. Sie sollte nicht sehen, dass ich mich fürchtete. Deshalb sagte ich nur:

»Er hat gesagt, wie er heißt, und dann wollte er meinen Namen wissen. Aber wer ist er? Und warum redet er so komisch?«

Anna, die mich fragend angesehen hatte, lächelte jetzt zufrieden und sah fast ein wenig erleichtert aus. »Er spricht Altnordisch, so haben in Nordeuropa die Menschen in der Wikingerzeit und auch später noch geredet«, sagte sie, meine erste Frage beantwortete sie nicht. »Du hörst ja, dass es gar nicht so fremd klingt, aber es gibt doch auch viele Unterschiede. Gunnleikr und ich haben übrigens allerlei zu besprechen. Aber du kannst ja zuhören, vielleicht fallen dir die Unterschiede auf.«

Ich saß im Schaukelstuhl und versuchte zuzuhören, aber alles kam mir so seltsam vor, dass ich mich gar nicht richtig konzentrieren konnte. Wer war Gunnleikr? Wie hatten er und Anna sich kennen gelernt? Und wie war er in unser Wohnzimmer gekommen? Nach einer Weile ging es ein bisschen besser und ich hörte Anna und Gunnleikr zu und versuchte sie zu verstehen. Die beiden hatten wirklich viel zu besprechen, sie redeten laut und lange und eifrig miteinander. Ab und zu lachten sie, dann sahen sie wieder ernst aus. Einmal schauten die beiden zu mir herüber und machten eine Bemerkung. Schließlich wandte Anna sich an mich: »Na, wie sieht's aus?«

»Das war ziemlich schwierig«, sagte ich nur, obwohl ich eigentlich lieber gefragt hätte, woher Anna und Gunnleikr sich kannten. »Besonders viel habe ich nicht verstanden. Ihr habt so seltsame Geräusche gemacht. Manchmal hat es sich angehört wie gelispelt.«

»Richtig«, sagte Anna. »Wir haben über die Reise hierher gesprochen.«

»Ja, die ist ja sicher ziemlich schnell gegangen«, warf ich dazwischen, aber Anna redete einfach weiter.

»Gunnleikr hat erzählt, dass es unterwegs neblig war. Nebel heißt in seiner Sprache *þoka*, das fängt mit einem Lispeln an. Reisen heißt auf Altnordisch *ferða*, das ist dasselbe Wort wie *fahren*, und auch hier gibt es einen

Buchstaben, den wir heute nicht mehr haben, nämlich das ð, das klingt ein bisschen wie ein gesummtes d.«

»So wie *father* im Englischen?« fragte ich, Englisch konnte ich ganz gut.

»Ja, genau«, sagte Anna.

»Ich glaube, ihr habt über mich geredet. Ich habe meinen Namen gehört und dann war noch die Rede von einem Bjarnar.«

»Wir haben eigentlich nur über dich gesprochen«, sagte Anna lächelnd. »Weißt du, im Altnordischen gibt es Fälle oder *Kasus*. Das bedeutet, dass ein Wort sich verändert, es kommt darauf an, mit welchen anderen Wörtern es in unmittelbarer Nachbarschaft steht. Der erste deiner beiden Namen ist so ein Beispiel. ›Ich heiße Björn‹ klingt ziemlich ähnlich, nämlich: ›Ek heiti Bjørn.‹ Aber wenn Gunnleikr sagen will: ›Anna ging zu Björn‹, dann wird das zu ›Anna gekk til Bjarnar‹. Und noch komischer klingt ›Wir gaben Björn Brot‹, dann heißt du nämlich plötzlich ›Birni‹, nicht wahr, Gunnleikr? Sag bitte mal ›Wir gaben Björn Brot‹.«

»Vér gáfum Birni brauð«, sagte Gunnleikr.

»Himmel«, sagte ich, »das klingt ja kompliziert. Wie konnten die Leute denn diese Fälle auseinander halten? Wie kann Gunnleikr sich das alles merken?«

Anna und Gunnleikr lächelten und Anna sagte: »Tja. Ich muss ja zugeben, dass ich mir ein etwas ausgefallenes Beispiel ausgesucht habe. Die meisten altnordischen Wörter haben sich nicht so sehr verändert wie *Bjørn*. Aber ich glaube sowieso, dass keine Sprache schwierig ist für die, die sie als Muttersprache gelernt haben. Gunnleikr schüttelt deshalb alle Fälle nur so aus dem Ärmel, nicht wahr, Gunnleikr?«

Gunnleikr war zum Telefon gegangen und hielt den Hörer in der Hand. Er starrte die Sprechmuschel an, dann legte er den Hörer wieder auf die Gabel und betastete die Leitung. Er blickte zerstreut zu Anna herüber und fragte: »Hvat?«

Ich war nicht sicher, ob Gunnleikr Annas Frage verstanden hatte. Das wollte ich Anna schon sagen, aber in diesem Moment klingelte das Telefon. Gunnleikr fuhr zusammen und rief: »Háva Valholl!«

Anna und ich mussten losprusten. Das Telefon klingelte weiter. Und Gunnleikr sagte leise: »Hjalpi mér Óðinn, Þórr ok allar vættir!«

Anna, die dicht bei ihm stand, nahm ab. »Da fragt ein Tom nach dir, Björn-Oskar«, sagte Anna. Sie hatte ihre Hand über die Sprechmuschel gelegt. Ich schüttelte den Kopf, sagte aber nichts.

»Nein, der scheint noch nicht hier zu sein«, sprach Anna ins Telefon. »Doch, ich sage ihm Bescheid, wenn er auftaucht.« Sie schwieg eine Weile und sagte schließlich: »Ich bin die Babysitterin.« Dann legte sie auf.

»Ich soll dir ausrichten, dass Tom und noch ein paar andere, ich habe mir nicht alle Namen gemerkt, nicht mehr warten wollen und jetzt Fußball spielen gehen.«

Ich nickte und wollte eigentlich losstürzen, doch Anna redete gleich weiter: »Viele Sprachen haben so ein Kasus-System. Die Finnen haben sogar fünfzehn Fälle. Im Deutschen gibt es vier. Finnisch ist übrigens keine indogermanische Sprache wie Norwegisch oder Deutsch. Andere nichtindogermanische Sprachen, die in Europa gesprochen werden, sind Samisch, Ungarisch und Baskisch. Aber weder Deutsche noch Finnen haben damit Probleme. Aber für Norweger oder Schweden, die nicht an Fälle gewöhnt sind, ist es sehr schwer, eine Sprache wie Finnisch zu lernen. Weißt du übrigens, was Ausländer, die unsere Sprache lernen, daran schwierig finden?«

»Nein, doch, sicher die Sache mit den Geschlechtern. Ob es der Schaukelstuhl oder die Schaukelstuhl oder das Schaukelstuhl heißt, und so.«

»Ganz genau, auch die Präpositionen sind für viele ein Problem. Warum heißt es, wir fahren *nach* Italien, aber *in* die Schweiz?«

»So schwierig kann das doch nicht sein!«

»Nein, da hast du's ja. Ebenso wenig war es für die Wikinger ein Problem, die verschiedenen Fälle deines Namens auseinander zu halten.«

»Ich kapiere noch immer nicht, wozu sie diese Fälle gebraucht haben.«

»Vielleicht verstehst du das besser, wenn ich dir zwei Mini-Mini-Mikro-Kriminalgeschichten erzähle. Sie sind ganz gleich, nur gibt es jedes Mal einen anderen Mörder. Ich erzähle sie zuerst in der heutigen Sprache. Die eine geht so: Kongen drepte hesten – König tötete Pferd. Und die andere: Hesten drepte kongen – Pferd tötete König. Die Reihenfolge der Wörter zeigt, wer wen tötet. Richtig?«

»Klar doch«, sagte ich und dachte im Stillen, dass ein Fernsehkrimi ja doch spannender wäre. Fußball übrigens auch. Tom und die anderen standen jetzt garantiert nicht mehr beim Kiosk. Sie spielten Fußball. Vielleicht war Anniken auch dabei.

»Aber im Altnordischen war die Reihenfolge nicht so wichtig, da ist nämlich auf jeden Fall klar, wer der Mörder ist«, erzählte Anna eifrig weiter, während sie ihre Mini-Mini-Mikro-Kriminalgeschichten auf Altnordisch aufschrieb. Gunnleikr warf seine langen Haare zurück und schien sich zu langweilen. Er bückte sich und redete leise mit Helle. Helle nahm das Rennauto aus dem Mund und gab es Gunnleikr, der es sich ganz genau ansah.

1. Hestr drap konung. 2. Konung drap hestr.
3. Konungr drap hest. 4. Hest drap konungr.

»Drap?«, fragte ich, nachdem ich den Zettel gelesen hatte. »Auf Altnordisch hieß es also *drap* und nicht wie im Norwegischen *drepte?«*

»Ja«, sagte Anna, »richtig, die Sprache entwickelt sich weiter. In einigen Jahren werden wir wahrscheinlich auch *les* und *ess* sagen statt *lies* und *iss.«*

»Ja, ich sage immer ›jeg skjærte brødet‹, ich habe das Brot geschneidet, und Tom und die anderen tun das auch. Aber Jonas, unser Lehrer, lässt uns das nicht schreiben. Und meine Mutter ärgert sich sogar, wenn ich es sage. Jonas sagt übrigens auch immer, wir sollen nicht ›ich und Tom‹ schreiben, das sei unhöflich. Er sagt, es heiße ›Tom und ich‹.«

Anna lächelte kurz. »Gefällt dir der Norwegischunterricht?«, fragte sie.

Ich nickte und sagte: »Haben wir jetzt eigentlich vier Mini-Mini-Mikro-Geschichten?«

»Nein, wir haben immer noch zwei. Die beiden ersten Sätze bedeuten dasselbe, nämlich: Das Pferd tötete den König. Die beiden anderen bedeuten: Der König tötete das Pferd. Wir sehen an den Wörtern, wer wen umgebracht hat.«

»Das sind also die Fälle?«, fragte ich.

»Genau. Die Reihenfolge der Wörter spielt im Altnordischen keine Rolle. Das Norwegisch, das wir heute sprechen, kennt keine Fälle, deshalb müssen wir die Wörter an die richtige Stelle setzen, wenn wir wissen wollen, wer der Mörder ist. Und ...«

Ich fiel ihr ins Wort und sagte: »Zwei Dinge wüsste ich gern. Erstens: Vorhin hast du gesagt, einer der Gründe, aus denen es mir schwer fallen würde, Altnordisch zu lernen, wäre, dass ich Geld von dir leihen wollte. Und zweitens: Wieso sind die Fälle verschwunden – schließlich benutzen wir sie nicht mehr?«

Anna nahm die Brille ab und zum ersten Mal konnte ich ihre Augen richtig sehen. Sie waren fast gelb und sie waren traurig und froh zugleich. Anna hauchte ihre Brille an und wischte sie dann mit einem Taschentuch ab, ehe sie sie wieder aufsetzte. Dann steckte sie sich ein Himbeerbonbon in den Mund und sagte: »Die beiden Fragen hängen zusammen. Nehmen wir die zweite zuerst. Ja, die Fälle sind verschwunden. Es war mitunter zu schwierig den Überblick zu behalten, weil viele Formen sich ähnlich anhörten. Das ist jedenfalls eine Erklärung für diese Entwicklung.«

»Wieso waren sie sich denn so ähnlich?«, fragte ich ein wenig ungeduldig.

»Moment noch. In vielen Fällen bestand der Unterschied zwischen zwei Fällen nur aus einem kleinen Laut. Mit der Zeit wurden diese kleinen Unterschiede immer kleiner, bis sie schließlich gar nicht mehr vorhanden waren. Aber da die Fälle ja nicht nur zur Zierde dienten, mussten die Menschen eine andere Möglichkeit finden, um das, was sie sagen wollten, auch ausdrücken zu können.« Anna reichte mir den Zettel mit den altnordischen Mini-Mini-Mikro-Kriminalgeschichten.

1. Hest~~r~~ drap konung. 2. Konung drap hest~~r~~.
3. Konung~~r~~ drap hest. 4. Hest drap konung~~r~~.

Anna hatte in einigen Wörtern den letzten Buchstaben durchgestrichen. »Siehst du, dass jetzt der erste und der letzte Satz dasselbe bedeuten? Und die beiden in der Mitte auch.«

»Aber was hat denn nun die Unterschiede zwischen den einzelnen Fällen zum Verschwinden gebracht? Und was hat das damit zu tun, dass ich Geld von dir leihen wollte?«, langsam hatte ich Annas Kriminalgeschichten satt und wäre lieber losgegangen, um Tom und die anderen zu suchen. Vielleicht spielten sie ja gerade Fußball. Und vielleicht waren Anniken und Karin auch dabei. Anniken ist übrigens eine ziemlich gute Fußballspielerin. Inzwischen begann ich in meiner dicken Jacke zu schwitzen, aber ausziehen wollte ich sie nicht.

»Ich meinte nicht, was du gesagt hast, sondern wie du es gesagt hast«, war Annas Antwort. »Du hast so schnell gesprochen, dass du die Hälfte aller Laute verschluckt hast. Du hast mich gefragt: ›Hassumanpakroon?‹ Wenn du langsam und deutlich gesprochen hättest, hätte es sich ungefähr so angehört: Hast du mal ein paar Kronen? Was ich damit sagen will: Die Sprache, die wir heute sprechen, ist in vieler Hinsicht eine Schnellfassung, bei der manche Laute verschwunden sind. Altnordisch dagegen ist die langsame Fassung.«

Ich war nicht ganz sicher, ob ich das richtig verstanden hatte, aber ich war inzwischen auch ziemlich müde vom vielen Zuhören. Als Anna verstummte, drehte Gunnleikr sich zu uns um und begann mit leiser Stimme zu sprechen. Anna sagte nichts. Gunnleikr redete weiter, es hörte sich ziemlich ernst an. Anna gab noch immer keine Antwort, aber jetzt sah sie wütend und traurig aus. Schließlich sagte sie: »Gunnleikr muss jetzt bald wieder nach Hause. Möchtest du ihn vor seinem Aufbruch noch etwas fragen?«

»Ja«, sagte ich. »Eines wüsste ich wirklich gerne. Kannst du singen?«, fragte ich Gunnleikr, und zwar so langsam, wie ich nur konnte, er sollte doch alles verstehen.

»Ek kan syngja, já«, antwortete Gunnleikr.

»Rock?«, fragte ich.

»Rokkr?«, wiederholte Gunnleikr, »Þat er fyrir konur.«

»Gunnleikr denkt, du redest von einem Spinnrocken, Björn-Oskar, und offenbar glaubt er, das sei nur etwas für Frauen«, lachte Anna, dann erklärte sie mir, was ein

Spinnrocken überhaupt war. Ich musste zugeben, dass ich von solchem Wollkram keine Ahnung hatte.

»So was macht doch heute kein Mensch mehr«, sagte ich zu meiner Verteidigung.

»Nein, heute spinnen wir unsere Wolle nicht mehr selber. Gunnleikr weiß viele Wörter für Dinge, die wir nicht kennen, weil sie nicht mehr benutzt werden. Und wir wissen viele Wörter, die die Wikinger nicht verstanden hätten, ganz einfach, weil es die Dinge noch nicht gab: Küchenmixer, Pizza, Gangschaltung, Rollo. Und Telefon.«

Wir schauten zu Gunnleikr hinüber, der wieder den Telefonhörer in der Hand hielt und verwirrt in die Sprechmuschel schaute.

»Und Rock natürlich«, fügte Anna hinzu und kicherte.

Helle wurde jetzt auch ein wenig ungeduldig, sie krabbelte auf mich zu und wollte auf meinen Schoß. Ich hörte hinter mir ein Geräusch, und als ich mich umdrehte, glaubte ich ein rotes Glühen zu sehen. Gunnleikr war verschwunden, der Telefonhörer lag noch immer neben dem Telefon. Ich fand, dass es ein klein wenig angebrannt roch. Gustav Mahler kroch unter das Sofa.

»Was ist passiert?«, fragte ich. »Anna, woher kennst du Gunnleikr?«

Anna gab keine Antwort, sie beugte sich vor und nahm sich ein Himbeerbonbon aus der riesigen Tüte auf dem Tisch. Wir schwiegen eine Weile. Ich dachte an alles, was ich Gunnleikr gerne gefragt hätte. Ich war so blöd gewesen. Da war mir nun ein waschechter Wikinger über den Weg gelaufen und wir hatten nur über Fälle gesprochen! Und wie um alles in der Welt hatte Anna hier plötzlich einen Wikinger auftauchen lassen? Ich schaute wieder zu ihr hinüber. Nein, es hatte sicher keinen Zweck, sie noch einmal danach zu fragen. Aber ich wollte es herausfinden.

»Was machst du eigentlich, wenn du nicht auf Helle aufpasst?«, fragte ich sie.

»Ich studiere«, antwortete Anna mit eifrigem Tonfall. »Ein Fach, das Linguistik heißt.«

»Das klingt aber nicht sehr spannend«, sagte ich und schaute zu dem dicken grauen Buch hinüber.

»Ist es aber! Linguistik ist ein anderes Wort für Sprachwissenschaft. Wir studieren unterschiedliche Sprachen. Wir sehen, wie Sprachen aufgebaut sind, wie sie sich im Laufe der Zeit verändern und noch vieles andere. Was wir hier in der letzten Stunde gemacht haben, war auch Sprachwissenschaft. Und das hat doch Spaß gemacht, oder?«, fragte Anna und wurde wieder ein wenig rot.

»Ja, das war nicht schlecht«, gab ich zu und fragte mich, ob zur Sprachwissenschaft immer Wikinger gehören, die aussehen wie Rocksänger, aber gar keine sind.

Als ich endlich zum Kiosk kam, war natürlich kein Mensch mehr da, und auf dem Fußballplatz waren sie auch nicht.

Buchstäblich!

Am nächsten Freitag bekamen wir ein Diktat zurück. Wie gesagt, Norwegisch ist nicht gerade mein Lieblingsfach. Aber diesmal hatte ich fast keinen Fehler und war zufrieden. Einen kleinen Patzer hatte ich in der Eile gemacht und zweimal hatte ich *Weitsenbrot* geschrieben. Statt *Weizenbrot.* Ich ging zum Pult, wo Jonas die fehlenden Schüler ins Klassenbuch eintrug.

»Entschuldigung«, sagte ich zu Jonas. »Warum wird Weizen ohne t geschrieben? Wir hören das t doch ganz deutlich.«

»So ist es eben richtig, Björn-Oskar. Halt dich einfach an die Rechtschreiblisten, Junge«, antwortete Jonas zerstreut und widmete sich wieder dem Klassenbuch.

»Aber warum ist es richtig so?«

Jonas sah mich an, kratzte sich den Bart, konnte aber nicht erklären, warum das so war.

Auf dem Heimweg unterhielten Tom und die anderen sich über englischen Spitzenfußball. Ich hörte nicht richtig zu und zerbrach mir den Kopf, warum wir *Radiergummi* mit ie schreiben, *Tapir* und *Vampir* aber nicht. Und warum *Saurier* geschrieben wird wie *Radier*, sich aber nicht darauf reimt. Und warum *Weg* und *weg* gleich geschrieben, aber anders ausgesprochen werden. Die beste Antwort, die mir einfiel, war, dass wir in der Schule ja irgendwie beschäftigt werden mussten. Aber wenn auch vieles keinen Sinn ergab, das war mir dann doch zu blöd. Immerhin war Freitag und ich beschloss, ehe ich zum Fußball ging, Anna danach zu fragen.

Sie saß auf dem Sofa und las. Helle schlief wahrscheinlich oben in ihrem Zimmer. Ich blieb eine Weile in der Tür stehen und wusste nicht mehr so recht, ob ich sie wirklich fragen wollte. Aber am Ende tat ich es dann doch, ich bin eben einer, der gerne eine Antwort auf seine Fragen haben will.

Anna strahlte mich an und begann eifrig zu erzählen.

»Manche Buchstaben hören wir, obwohl sie nicht geschrieben werden, andere, die wir schreiben, sprechen wir nicht mit aus, die bezeichnen wir dann als stumm. Gunnleikr würde diese Wörter so schreiben, wie er sie ausspricht, aber für dich würden sie dann sicher fremd aussehen.«

»Wir schreiben also oft noch so, wie ein Wort vor Jahrhunderten ausgesprochen wurde?«

»Ja, so könnten wir das sagen. In den meisten Fällen, in denen eine Schreibweise uns seltsam vorkommt, können wir sehen, wie ein Wort früher ausgesprochen wurde. Die Schrift ist immer langsamer als die Sprache. Wir schreiben *Land,* aber es klingt, als ob das Wort am Ende ein t hätte. Gunnleikr dagegen spricht ein weiches d.«

»Meine Tante sagt einfach nur *Lan.* Anna, kommt Gunnleikr heute, was meinst du?«

»Ja, in manchen Gegenden wird das t oder d am Ende des Wortes einfach weggelassen. Die Aussprache hängt sehr davon ab, woher jemand kommt.«

Ich sah ein, dass es keinen Sinn hatte Anna nach

Gunnleikr zu fragen, aber ich wollte mehr über die beiden erfahren, dazu war ich fest entschlossen. Ich sagte: »Es wäre aber viel leichter so zu schreiben, wie wir sprechen.«

Wieder lächelte Anna, dann sagte sie, ich sollte mich neben sie aufs Sofa setzen. Ich setzte mich in den Schaukelstuhl. Anna wollte schon etwas auf die Zeitung meiner Mutter schreiben, die vor uns auf dem Tisch lag. Deshalb zog ich ganz schnell ein Schreibheft aus meiner Schultasche und gab es ihr.

»So könnte es in etwa aussehen, wenn wir so schrieben, wie wir sprechen.«

Bjön-Osska un ich sitsn hir un redn mittenander.

»Das sieht doch total beknackt aus!«

»Ja, finde ich auch, aber das ist eine Frage der Gewohnheit«, sagte Anna. »Die Schreibweise wird oft geändert, um besser zu unserer Aussprache zu passen. Ich weiß noch, dass ich es wahnsinnig komisch fand, *kraulen* zu schreiben, ich hatte es noch als *crawlen* gelernt. Und niemand schreibt noch *Bureau*, heute heißt es *Büro*. Das empfinden wir als ganz normal, obwohl diese Wörter bei uns jetzt anders geschrieben werden als im Englischen oder im Französischen, den Sprachen, aus denen sie stammen.«

Ich schaukelte hin und her. Anna dachte kurz nach, dann sagte sie:

»Wir neigen übrigens dazu, die Schriftsprache für die

richtige und beste Sprache zu halten. Wir finden die Formulierung ›sie kommen‹ korrekter als ›die kommen‹, was wir eigentlich sagen würden. Aber zuerst ist ja die Sprache da, die Schrift stellt sich immer erst später ein.«

»Mm«, sagte ich und schaukelte weiter.

Anna legte eine Pause ein, dann fügte sie hinzu: »Aber überleg doch mal, wie gut es ist, dass wir schreiben können – denk an das ganze Wissen, zu dem wir Zugang haben, weil es aufgeschrieben worden ist. Es wäre kompliziert und unsicher, uns nur auf das zu verlassen, was uns erzählt wird. Weißt du übrigens, wovon die ersten geschriebenen Texte handeln? Was vor vielen Jahrtausenden aufgeschrieben worden ist?«

»Nein. Geschichten vielleicht?«, schlug ich vor und schaute auf die Uhr, um zu zeigen, dass diese allerersten geschriebenen Texte mich eigentlich nicht so wahnsinnig interessierten.

»Geschichten und Märchen können wir uns gegenseitig erzählen. Nein, die ersten Texte waren Listen über Waren, Gold und Steuern. Und Verzeichnisse darüber, wer anderen Leuten Geld schuldete. So etwas vergisst man leicht, wenn es nicht notiert wird. Nach und nach wurden dann auch Geschichten, Gedichte und Märchen aufgeschrieben. Vergiss aber nicht, dass man alles mit der Hand geschrieben hatte, ehe die Buchdruckerkunst erfunden worden war. Jedes einzelne Dokument und jedes einzelne Buch! Stell dir das vor! Erst durch die Erfindung des Buchdrucks kam wirklich Leben in die Sache.«

»Das war Gutenberg im 15. Jahrhundert«, sagte ich und war ziemlich stolz darauf, dass mir der Name dieses

Typen eingefallen war und dass ich so ungefähr wusste, wann er gelebt hatte.

»Richtig«, sagte Anna. Sie schien nicht ganz so beeindruckt zu sein, wie ich es gehofft hatte. Sie nahm sich ein Himbeerbonbon.

»Krieg ich auch eins?«, fragte ich und streckte die Hand aus.

»Nein«, sagte Anna. »Aber du kannst eine Lakritzpastille haben, wenn du willst. Hier, nimm die ganze Schachtel.«

Anna zog eine Schachtel aus ihrer Tasche und reichte sie mir. »Hast du dir je überlegt, wie groß der Unterschied zwischen Sprache und Schrift sein kann?«

»Nein«, sagte ich und zuckte mit den Schultern. »Ist der denn wirklich so groß? Ich finde das eigentlich nicht. Abgesehen davon, dass wir beim Sprechen Geräusche machen und dann unsere Ohren benutzen. Aber wenn wir ... ömm ... Schrift lesen, dann tun wir das mit den Augen.«

»Gut erkannt«, Anna lachte. »Das war eine sehr feine Erklärung. Beim Sprechen kommt es oft zu Unterbrechungen und Pausen. Und zu vielen Wiederholungen. Außerdem reden wir nicht nur mit unserer Stimme, sondern mit unserem ganzen Körper. Und wenn wir uns versprechen, können wir das nicht ausradieren. Außerdem gehören zu einem Gespräch immer mindestens zwei Personen. Wir können dabei sofort feststellen, ob unser Gegenüber uns verstanden hat. Wenn wir schreiben, wissen wir dagegen nicht immer, an wen. Ich werde jetzt mal etwas für dich aufschreiben, Björn-Oskar.«

Anna schrieb etwas in mein Heft und reichte es mir. Dort stand: »s st fst mglch dtsch z schrbn hn vkl z bntzn.«

»Was um Himmels willen soll das denn heißen?«, fragte ich und starrte die Seite mit diesem seltsamen Text an.

»Siehst du, was daran so komisch ist?«

Ich betrachtete den Satz ganz genau und sagte dann: »Da gibt es keine … keine solchen Vokale, heißen die nicht so?«

»Stimmt«, sagte Anna. »Kannst du das jetzt lesen, wenn du die fehlenden Vokale einfügst?«

Ich sagte stolz: »Es ist fast möglich deutsch zu schreiben, ohne Vokale zu benutzen.«

»Richtig. Ungefähr so wird Arabisch geschrieben. Im arabischen Schriftbild fehlen die Vokale. Die Araber benutzen ganz andere Buchstaben als wir und außerdem schreiben sie von rechts nach links. In diesem Buch sind arabische Buchstaben abgebildet, schau mal.«

Anna zeigte in einem dicken Buch, das sie aus ihrer Tasche zog, auf seltsame Kringel. »Das hier bedeutet Björn-Oskar«, sagte sie, nachdem sie seltsame Zeichen in mein Heft gemalt hatte.

بيورن أوسكار

Anna schlug eine weitere Seite im Heft auf, schrieb wieder etwas darauf und zeigte es mir. »So sieht dein Name in Runen aus, einer Schrift, die früher in Nordeuropa benutzt worden ist.«

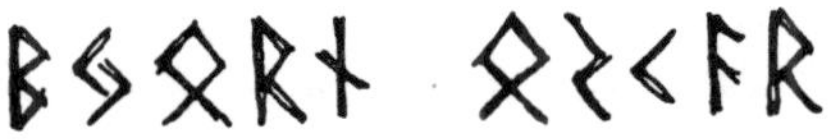

»Schau mal, hier ist ein Runenalphabet abgebildet«, sie zeigte auf eine Seite in ihrem Buch.

»Von Runen habe ich schon gehört«, sagte ich fast ein wenig beleidigt. »Rune bedeutet Geheimnis«, fügte ich noch hinzu, ich wollte klarstellen, dass ich wenigstens ein bisschen Durchblick hatte.

»Mm«, nickte Anna zustimmend. »Und viele hielten die Runen für magische Zeichen, mit denen man sich auch vor Krankheiten schützen konnte.«

»Glaubst du, Gunnleikr schreibt so?«, fragte ich.

»Weißt du was? Gunnleikr kann überhaupt nicht lesen oder schreiben. Das konnten zu seiner Zeit nur sehr wenige. Außerdem wurden die Runen, die ich hier aufgeschrieben habe, in der Wikingerzeit schon nicht mehr benutzt. Die wikingischen Runen sehen ein wenig anders aus. Damals wurde übrigens bereits schon unser Alphabet benutzt. Aber die Runen waren auch noch lange im Gebrauch.«

Ich sah mir die Runenschrift noch einmal an. »B und r sehen fast aus wie heute. Aber das ö ist ziemlich komisch, und das n sieht beinahe aus wie ein x.«

»Das ist kein ö, sondern ein o. Es gibt kein Runenzeichen für ö. Deshalb habe ich o geschrieben, auf Altnordisch heißt du Bjorn.«

Anna beugte sich nun auch über den Runentext. »Ja, stimmt, das sieht aus wie eine Art schiefes x. Sieh mal nach, welcher Runenbuchstabe das hier ist«, sagte sie und schrieb ein großes X.

Ich verglich die Rune mit den anderen im Alphabet. »Es ist ein g«, stellte ich fest.

»Richtig«, lobte Anna. »Und die Rune hier, die aussieht wie ein großes M, entspricht unserem e.«

Die Zeitung lag noch immer auf dem Tisch.

»Noch bis ins 20. Jahrhundert hinein wurden vor allem gotische Buchstaben benutzt. Solche hier«, sagte Anna und wies auf die Zeitung.

Frankfurter Allgemeine

Anna malte noch einige Krähenfüße unter den Runennamen Björn-Oskar.

»Weißt du, was das hier ist?«

»Bestimmt mein Name.«

»Richtig, das ist dein Name in kyrillischen Buchstaben, wie sie in Russland benutzt werden.«

Бьёрн Оскар

Während Anna sich die Brille putzte, sah ich mir alles an, was sie geschrieben hatte, auch die arabischen Buchstaben in ihrem Buch.

Buchstaben sind ja ganz schön unterschiedlich, meine Güte, dachte ich.

»Aber wenn sich auch die Alphabete, die du hier gesehen hast, sehr unterscheiden, so funktionieren sie doch alle auf dieselbe Weise«, sagte Anna, und ich hätte gerne gewusst, ob sie Gedanken lesen konnte. »Jeder Buchstabe entspricht einem Laut. Die ersten Alphabete waren da ganz anders, das waren nämlich Bildalphabete.«

»Bildalphabete?«, wiederholte ich. »Was ist das?«

»Das sind einfach Alphabete, in denen jeder Buchstabe oder jedes Zeichen, wenn wir so wollen, ein kleines Bild darstellt. Und jedes kleine Bild steht für ein Wort. Im Chinesischen finden wir noch heute Reste solcher Bilder. Das hier sind die Zeichen für Tür und Acker«, sagte Anna und zeigte auf ihr dickes Buch.

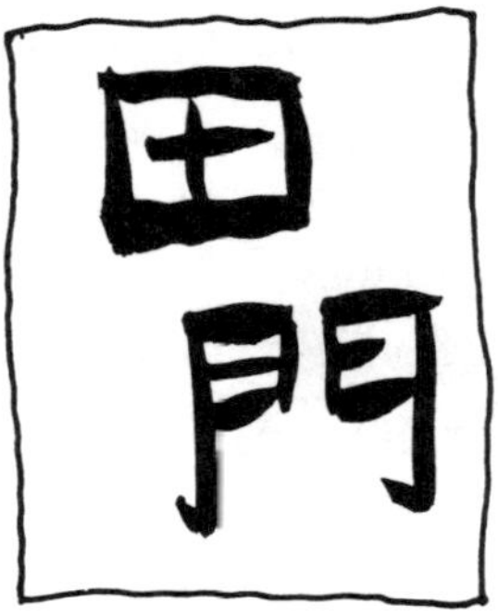

»Hast du gewusst, dass ein chinesisches Buch von hinten nach vorne gelesen wird? Was für uns die letzte Seite im Buch ist, gilt dort als die erste. Und die Zeilen werden nicht waagrecht, sondern senkrecht geschrieben.«

Ich nickte und schaukelte hin und her.

Anna zeichnete mit dem Finger Figuren in die Luft und sagte: »Wir benutzen auch bisweilen Bildzeichen. Wenn wir das Zeichen % sehen, lesen wir Prozent, wenn wir das Zeichen 9 sehen, lesen wir neun.«

Sie schlug eine neue Seite im Heft auf und fing an zu zeichnen. Wortlos ließ sie mich dann hineinschauen.

»Was ist das denn?«, fragte ich. »Ein Hund und ein Mann im Gebirge?«

»Das ist ein Rebus, ein Bilderrätsel«, sagte Anna und wurde rot. »Es ist dein Name«, fügte sie dann hinzu.

»Aha. Jetzt verstehe ich: Ein Bär, denn *Björn* bedeutet Bär, ein Hügel, wird anders geschrieben, aber wie *os* gesprochen, und ein Typ, *kar* auf Norwegisch. Spitze!«

»Weißt du, was Hieroglyphen sind? Die gehören zu den allerältesten Schriftzeichen überhaupt. Sie wurden in Ägypten benutzt.«

»Pharaonen, Pyramiden, Mumien ...«, murmelte ich.

»Genau. Die Hieroglyphen waren zuerst eine reine Bilderschrift, aber nach und nach wurden sie wie eine Art Rebus. Für Wörter, die sich gleich anhörten, wurde dasselbe Zeichen benutzt.«

»Wie bei Rocken und Rock! Dasselbe Zeichen beschreibt dann dieses Wolldings und auch die Musik«, sagte ich. »Und sicher auch noch einen Rock, also das Kleidungsstück. Wenn das in Ägypten damals auch so geheißen hätte«, fügte ich schnell hinzu. Ich stand auf, jetzt hatte ich wirklich genug über Buchdruckerkunst, Bilderrätsel, Runen und Hieroglyphen gehört.

»Ganz richtig gedacht«, sagte Anna. »Und nun sollten wir Brötchen backen. Hast du Lust? Aus Weizenmehl ohne t.«

»Na ja«, zögerte ich, ich wollte mich eigentlich lieber mit Tom und den anderen treffen. Aber Hunger hatte ich auch, deswegen sagte ich: »Kannst du die nicht backen? Ich muss noch kurz was erledigen.«

Anna nickte, aber ich fand, dass ihre Augen hinter den Brillengläsern ein bisschen traurig aussahen. Sie steckte ihre Bücher wieder in die Tasche und schlug das Heft zu. Die Tüte mit den Himbeerbonbons lugte aus ihrer Tasche hervor.

Norwegisch und Deutsch sind verwandt

Wir reden ganz schön unterschiedlich, dachte ich. Ich und Anna saßen vor der Glotze, aßen Pizza und sahen uns die Nachrichten an. Aus dem Fußball war an diesem Freitag nichts geworden, weil unser Torwart krank war. Helle und Gustav Mahler lagen auf dem Sofa. Helle schlief, Gustav hatte die Augen halb geschlossen und schnurrte. Ich langweilte mich und sagte, um Anna zum Reden zu bringen: »Warum sprechen wir eigentlich verschiedene Dialekte?«

»Wir gehen davon aus, dass die meisten europäischen Sprachen denselben Ursprung haben«, antwortete Anna ein wenig zerstreut.

»Was hat das mit den Dialekten zu tun?«, fragte ich.

»Ziemlich viel«, sagte Anna und starrte nach wie vor auf den Fernseher.

Ich schwieg.

»Fangen wir ganz vorne an«, sagte sie dann endlich und drehte die Glotze aus. »Wir halten eine Sprache namens Indogermanisch für die Stammmutter oder den Stammvater fast aller europäischen Sprachen. Schau mal her.«

Anna malte oben auf ein Blatt Papier eine alte Frau. »So hat es angefangen. Das ist die Stammmutter, könnten wir sagen.«

»Meine Güte, haben Sprachen einen Stammbaum? So wie Hunde?«

Anna sah leicht verwirrt aus, sie dachte kurz nach, dann antwortete sie: »Ja, so in etwa lässt sich das vergleichen. Diese Frau stellt demnach die indogermanische Urahnin unter anderem für das Norwegische dar. Indogermanisch wurde vor sehr langer Zeit gesprochen, wir wissen nicht einmal genau, wo und wann. Es ist so lange her, dass es keine schriftlichen Quellen gibt. Das bedeutet, dass in dieser Sprache nichts Geschriebenes vorliegt.«

»Ach«, sagte ich und streichelte Gustav Mahlers Kopf. Gustav stand auf und sprang auf Annas Schoß. Anna streichelte seinen Rücken, legte den Mund an sein Ohr und flüsterte irgendetwas. Sie schien dabei selber zu schnurren.

»Gustav scheint dich wirklich zu mögen«, sagte ich. »Normalerweise kann er Fremde nicht leiden. Meine Freunde trauen sich nicht einmal ihn zu streicheln. Tom hat es einmal versucht und da hat Gustav ihn in die Hand gebissen.«

»Tiere mögen uns immer«, sagte Anna.

»Uns?«, fragte ich. »Wen meinst du damit?«

»Mich«, sagte Anna ganz schnell, »ich meine natürlich, mich.« Sie errötete. »Wo war ich denn eigentlich stehen geblieben? Die Menschen, die Indogermanisch sprachen, gingen auf Wanderschaft und ließen sich in verschiedenen Gegenden nieder. Manche gingen nach Südeuropa, andere nach Norden oder Westen, wieder andere siedelten sich in Asien an. Am Ende wohnten sie so weit auseinander, dass sie keinen Kontakt mehr hatten. Und was glaubst du, was mit ihrer Sprache passierte?«

»Keine Ahnung«, antwortete ich. »Gar nichts, nehme ich an. Wen meinst du mit uns?«

»Niemanden«, sagte Anna irritiert. »Es passierte sogar sehr viel. Das Indogermanische veränderte sich. Es entwickelten sich daraus viele unterschiedliche Sprachen. Und diese Sprachen bezeichnet man daher heute als indogermanische Sprachen. Die Bezeichnung hat Jacob Grimm diesen Sprachen gegeben. Der mit den Märchen. Aber egal, alle diese Sprachen sind miteinander verwandt, weil sie sich ja aus einer einzigen Ursprache entwickelt haben, verstehst du?«

»Ja, ich glaube schon. Diese Sprachen waren die Kinder des Indogermanischen.«

»Ja, genau«, sagte Anna. »Und die Sprachen entwickelten sich weiter. Sie bekamen eigene Kinder, wenn wir so wollen. Es entwickelten sich unterschiedliche Sprachfamilien. Eine in Südeuropa, eine in Nordeuropa, eine in Osteuropa, andere in Asien.«

Anna zeichnete einige Striche, die von der alten Stammmutter wegführten. »Das sind einige der Sprachfamilien, die vom Indogermanischen abstammen«, sagte sie.

Sie fuhr fort: »Heute gehören zu jeder Familie mehrere Sprachen. Wir können ja einige davon zu den einzelnen Familien dazuschreiben.«

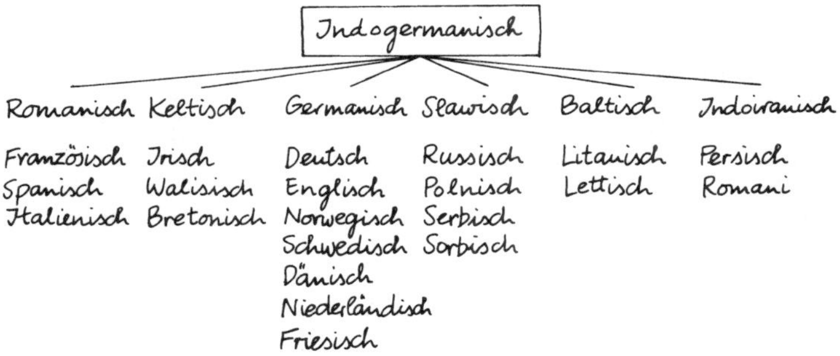

Ich sah mir die Zeichnung an. »Bedeutet das, dass Norwegisch, Deutsch und Französisch Ur-ur-ur-ur-ur-urgroßenkel oder so vom alten Indogermanisch sind? Und dass Deutsch und Norwegisch enger miteinander verwandt sind als Norwegisch und Französisch?«

»Richtig.« Anna nickte zustimmend.

»Aber ich kapiere gar nicht, wie die ganze Zeit neue Sprachen entstehen konnten«, sagte ich.

»Vergiss nicht, dass das viele Jahrtausende gedauert hat. Aber Sprachen machen ununterbrochen kleine Veränderungen durch. Jede Generation spricht anders als die davor.«

»Wenn meine Oma zum Beispiel ›am Tage‹ und ›vor dem Kriege‹ sagt, und ich sage ›am Tag‹ und ›vor dem Krieg‹?«

»Ja, genau. Solche kleinen Veränderungen passieren die ganze Zeit, ohne dass wir weiter darüber nachdenken. Weißt du, dass in vielen Ländern immer weniger Leute das R rollen? In einigen Jahrhunderten ist das gerollte R vielleicht überall ausgestorben. Wenn sich in vielen miteinander verwandten Sprachen immer wieder solche kleinen Veränderungen abspielen und wenn diese Sprachen keinen Kontakt untereinander haben, dann können die Leute, die diese Sprachen sprechen, sich irgendwann nicht mehr untereinander verständigen.«

»Wirklich nicht?«

»Nein. Stell dir vor, es wird um ein Tal in Mittelnorwegen eine hohe Mauer gebaut. Niemand darf heraus, niemand darf hinein. Die Leute hinter dem Zaun haben keinen Kontakt nach draußen, Radios, Fernseher, Zeitungen und Telefone sind verboten. Nach einigen Jahrhunderten wird die Mauer wieder abgerissen. Es ist gut möglich, dass diese Menschen dann ganz anders sprechen als alle anderen Norweger und dass sie sich nicht mehr mit ihnen verständigen können.«

Ich dachte ein wenig darüber nach, nahm ein Stück Pizza und sagte dann: »Aber Anna, das ist doch eigentlich ein total bescheuertes Beispiel. So etwas passiert doch nicht. Niemand baut schließlich so hohe Mauern.«

»Bist du dir da sicher? Denk mal an die Berliner Mauer und an die Grenze mitten durch Deutschland. Da haben die Menschen auf beiden Seiten sehr bald angefangen, unterschiedlich zu sprechen. Auf der einen Seite gab es lauter neue Wörter wie Erdmöbel, Jahresendhohlfigur und Sättigungsbeilage. Auch in der ganz normalen Alltagssprache zeigten sich bald Unterschiede. Junge Soldaten in der BRD gingen zum Bund, in der DDR gingen sie zur Fahne. Bei Berufen wurde fast immer nur die männliche Form genannt, so dass auch eine Frau sich beispielsweise als ›Leiter der Bibliothek‹ vorstellte. Der unterschiedliche Alltag der Menschen in unterschiedlichen politischen Systemen schlägt sich eben auch in der Sprache nieder. Es muss aber nicht immer eine Mauer sein. Eine Landesgrenze kann dieselbe Wirkung haben. Die Menschen, die nur wenige Kilometer voneinander entfernt wohnen, sprechen zumeist sehr ähnlich, aber wenn eine Grenze dazwischen liegt, werden sie von der jeweiligen Landessprache beeinflusst, und dann vergrößern sich die Unterschiede.«

»Wie meinst du das?«

»Also, wenn Norwegen und Schweden ein Land mit einer gemeinsamen Schriftsprache wären, die alle in der Schule lernen würden und in der zum Beispiel alle Zeitungen geschrieben wären, dann würden die Norweger und die Schweden sehr viel ähnlicher sprechen.«

»Die Grenze ist also eine Art Mauer.«

»Genau. Es gibt auch andere Mauern. Vor sehr vielen Jahren sind die Leute weniger gereist als heute. Sie hatten natürlich auch kein Radio, Fernsehen oder so. Deshalb wirkten hohe Berge und weite Wälder wie Mauern, die die Menschen voneinander trennten. Und am Ende waren die Dialektunterschiede dann vielleicht so groß, dass sie zu unterschiedlichen Sprachen geworden sind.«

»Mm«, sagte ich. »Anna, sind Norwegisch und Schwedisch denn so etwas wie Schwestern?«

»Ja«, antwortete Anna. »Norwegisch und Schwedisch sind sich doch ziemlich ähnlich, Dänisch übrigens auch.«

»Dänisch ist aber viel schwerer zu verstehen«, protestierte ich.

»Ja, die Dänen haben eine ... na ja, ganz besondere Aussprache, aber Dänisch zu lesen ist für uns doch nicht schwer.«

»Und kann man dann auch sagen, dass Deutsch und Norwegisch Kusinen sind und Französisch vielleicht nur ein Vetter zweiten Grades ist?«

»Völlig richtig«, sagte Anna. »Nah verwandte Sprachen haben größere Ähnlichkeit miteinander als solche, die weiter auseinander liegen. Sieh mal! Jetzt schreibe ich auf, was Haus und Maus auf Norwegisch, Deutsch, Englisch und Niederländisch heißt.«

Gustav sprang von Annas Schoß und schmiegte sich unter lautem, erwartungsvollem Schnurren an ihre Beine. Anna fing an ein neues Blatt voll zu schreiben.

Norwegisch : Hus, Mus
Deutsch : Haus, Maus
Englisch : House, Mouse
Niederländisch : Huis, Muis

Dann reichte sie mir wortlos das Blatt. Ich nickte.

»Ich kann dir noch ein Beispiel nennen. Das norwegische Wort *tun*, also Hof, ist mit dem englischen Wort *town*, mit dem deutschen *Zaun* und mit dem niederländischen *tuin* verwandt. Du hörst doch, dass es dasselbe Wort ist, nicht wahr?«

»Sicher«, ich nickte, »aber was bedeutet *tuin?*«

»Das bedeutet Garten«, sagte Anna. »Diese Wörter haben nicht mehr ganz dieselbe Bedeutung. Aber ursprünglich hatten sie das, und dann haben Bedeutung und Aussprache sich in den vier Sprachen im Laufe der Jahre unterschiedlich entwickelt.« Anna nahm sich einen neuen Zettel, zeichnete einige Häuser und einen Zaun, dann malte sie Pfeile dazu und schrieb die vier Wörter daneben.

Ich nickte wieder und stand auf, um mir aus dem Kühlschrank etwas zu trinken zu holen.

»Möchtest du ein Glas Milch?«, fragte ich.

»Ja, bitte«, antwortete Anna. »Weißt du, was Milch auf Serbisch heißt?«

»Nein, natürlich weiß ich das nicht«, sagte ich.

»Mleko.«

»Das klingt ja ziemlich ähnlich«, meinte ich.

»Mm«, sagte Anna. »Vergiss nicht, dass Serbisch eine indogermanische Sprache ist. Und hast du dir schon mal überlegt, was *grad* bedeutet? Wie in Leningrad oder Belgrad?«

»Stadt vielleicht«, schlug ich vor.

»Stimmt«, sagte Anna. »Es ist ursprünglich dasselbe Wort wie unser Garten. Zwei Laute haben ihren Platz getauscht.«

»Aha«, sagte ich. »Wie bei *mleko* und *Milch*.«

»Genau«, sagte Anna. »Und *Berg* heißt auf Serbisch *breg*. Das ist doch auch sehr ähnlich.«

Ich nickte und blickte Anna gespannt an. Sie flüsterte irgendetwas, das ich nicht verstehen konnte. Sie flüsterte lange und ihre Ohren wurden dunkelrot. Als ich ihre seltsamen gelblichen Augen hinter ihren Brillengläsern sah, fürchtete ich mich fast ein bisschen. Sie konzentrierte sich offenbar sehr stark. Anna flüsterte weiter und sah schon ganz müde aus.

Plötzlich wimmelte es im Zimmer nur so von Leuten. Sie riefen: »Anna!«, »Gut morgn – vos makht ir?«, »Hej, Anna«, »Bonjour, Anna«, »Guten Tag, Anna, wie geht es dir?«, »Päivää, Anna«, »Buenos tardes«, »Dia duit« und »Laba diena.« Eine helle Mädchenstimme sagte: »Ciao, Anna. Come sta?« Dann redeten alle wild durcheinander. Sie wurden immer lauter und lauter. Gustav versteckte sich unter dem Sofa. Helle wachte auf und fing an zu weinen. Anna nahm sie auf den Arm, schaute die vielen Menschen an und rief: »PSSSSSST!«

Alles verstummte, redete aber gleich darauf wieder los. Es war das totale Chaos. Anna fuchtelte mit den Händen und ihre Mund bewegte sich, ich konnte aber nicht hören, was sie sagte. Plötzlich waren nur noch sechs Menschen im Zimmer – außer mir, Anna und Helle. Drei Männer, eine Frau, ein kleiner Junge und ein dunkelhaariges Mädchen in meinem Alter.

Einer der Männer legte den Arm um Anna. In der einen Hand hielt er eine ganz lange Baguette.

»Er heißt Nicolas und ist Franzose«, sagte Anna und trat einen Schritt beiseite.

Nicolas sah mich an und sagte etwas. Er redete ganz schnell. Sein R schien ganz tief aus seiner Kehle zu kommen, außerdem sprach er ein wenig durch die Nase. Ich konnte kein Wort verstehen.

»Und das ist Otto«, sagte Anna und winkte einen anderen Mann zu sich. »Er ist Deutscher.«

Der Deutsche sagte: »Ich bin Otto. Wie heißt du?«

Und als er das noch zweimal gesagt hatte, hatte ich ihn verstanden.

»Du heißt also Otto. Ich bin Björn-Oskar.«

Otto konnte ich viel leichter verstehen als Nicolas. Anna erklärte: »Deutsch und Norwegisch haben viele ähnliche Wörter, oft kann man also raten, was ein Wort heißt. Ich frage jetzt beide, was heute für ein Tag ist.«

Sie sagte zuerst etwas zu Nicolas und dann zu Otto.

»Vendredi«, antwortete Nicolas.

»Freitag«, sagte Otto. Dann wurde er sehr ernst und sagte leise zu Anna: »Wenn du nicht mehr hast, dann …«

Anna fiel ihm ins Wort und flüsterte ihm etwas ins Ohr. Otto sagte: »Aber Anna …«

Anna schüttelte nur den Kopf und wandte sich ab.

»Was macht unterschiedliche Sprachen so unterschiedlich, Anna? Sind es nur die verschiedenen Wörter?«, fragte ich. »Und was hat Otto gerade zu dir gesagt?«

»Ach, das ist nicht wichtig. Nein, es gibt noch viele andere Unterschiede.«

Ein groß gewachsener, dünner Mann stand neben dem Fernseher und verschlang die letzten Reste unserer Pizza.

»Nick«, rief Anna. Der Mann fuhr herum und fragte mit vollem Mund: »Yes? Do you want something to eat?«

»Nick ist Engländer, wie du hörst«, lachte Anna. »Und richtig sympathisch. Du hast natürlich verstanden, was er gesagt hat, nicht?«

»Sicher«, antwortete ich. »Er wollte wissen, ob wir etwas zu essen möchten.«

»Vielleicht hat er auch nur mich gefragt. Wenn wir Wort für Wort übersetzen, dann ist Nicks Satz ziemlich seltsam: Willst du/wollt ihr etwas zu essen? Oder eigentlich heißt es, möchten Sie etwas zu essen, denn *you* hieß zuerst *Sie,* aber die englische Form für *du* wurde nach und nach aufgegeben. Nicht einmal Englisch können wir also Wort für Wort übersetzen.«

Dann winkte sie dem kleinen Jungen mit den dunklen Locken zu.

»Björn-Oskar, das ist Ümit. Er kommt aus der Türkei und spricht Türkisch.«

»Cok güzel bir evin var. Benim oturdugüm evden de güzel!«, sagte Ümit lächelnd und breitete die Arme aus.

»Er hat gesagt: Was hast du für ein schönes Haus. Es ist schöner als das, in dem ich wohne«, erklärte Anna.

»In was für einem Haus wohnt Ümit denn?«, wollte ich wissen.

»Und wenn wir Wort für Wort übersetzen, dann klingt es ungefähr so: Sehr schön ein Haus deins ist. Mein meinwohnendes Haus von weg auch schön«, sagte Anna und runzelte die Stirn. »Du siehst schon, Wort für Wort zu übersetzen bringt da nicht viel. Die Unterschiede sind einfach zu groß. Und jetzt musst du Veera kennen lernen, sie ist Finnin.«

Die Finnin hatte kurze blonde Haare. Sie stand neben Otto und Nicolas.

»Veera, das ist Björn-Oskar«, sagte Anna.

»Hej, Björn-Oskar«, sagte Veera auf Schwedisch.

»Hallo«, sagte ich. »Ich dachte, du bist Finnin.«

»Ja, bin ich auch, aber die meisten Leute in Finnland sprechen auch Schwedisch. Das lernen wir in der Schule.«

»Aber jetzt musst du etwas auf Finnisch sagen«, mahnte Anna. »Sag mal: Wie geht es dir, Björn-Oskar?«

»Mitä kuuluu, Björn-Oskar?«, fragte Veera.

In diesem Moment brach zwischen Nicolas und Otto ein Streit aus und Anna stürzte hinüber, um die Kampfhähne zu beruhigen. Ich drehte mich zu Veera um und fragte ganz schnell: »Woher kennst du Anna? Wer ist sie? Wie schafft sie es, diese vielen ...«

»Immer mit der Ruhe, Junge. Ich kenne Anna schon lange, viel länger, als du glaubst. Wir sind nämlich …«

Mehr konnte Veera nicht sagen, plötzlich war sie nämlich ganz einfach verschwunden. Ich war schrecklich verlegen und brachte kein Wort heraus. Anna atmete schwer und ihre Ohren waren noch immer knallrot. Sie sah mich ernst an, sagte aber nur: »Möchtest du jetzt Rosamaria kennen lernen?« Anna zeigte auf das Mädchen mit den dunklen, fast schwarzen langen Haaren.

»Ja«, sagte ich und versuchte mich ziemlich gleichgültig anzuhören.

»Rosamaria ist Italienerin«, sagte Anna. Rosamaria kam zu uns herüber. Sie war noch hübscher als Anniken aus meiner Parallelklasse und sie trug eine gelbe Hose und rote Sandalen.

»Ciao«, sagte sie.

Ich ging davon aus, dass das ein Gruß war, deshalb antwortete ich:

»Hallo!«

»Ti amo«, sagte Rosamaria und sah mir dabei ins Gesicht. Ich verstand zwar nicht, was sie da sagte, aber ich wandte mich ab und wurde rot.

»Oi, das geht aber schnell«, Anna lachte. »Das bedeutet nämlich: Ich liebe dich«, erklärte sie dann und versetzte mir einen Rippenstoß. Ich wagte nicht sie oder Rosamaria anzusehen. Rosamaria redete weiter. Sie sprach schrecklich schnell, sie lächelte und lachte die ganze Zeit und zeigte zuerst auf sich und dann auf mich.

»Was hat sie gesagt?«, fragte ich, als sie verstummt war. Anna zögerte. »Ach, nichts Besonderes«, sagte sie dann.

Rosamaria redete wieder los, dann zeigte sie zuerst auf Anna, kurz darauf auf sich selber und schließlich noch einmal auf mich. Ganz offenbar sollte Anna das übersetzen.

»Was hat sie gesagt? Nun rede doch endlich!«

Schließlich sagte Anna: »Rosamaria hat das Gefühl, dich schon lange zu kennen. Sie hat dich sehr oft gesehen und sich darauf gefreut, mit dir sprechen zu können.«

»Was meint sie damit, dass sie mich schon oft gesehen hat?«, fragte ich überrascht und blickte zu Rosamaria hinüber. Sie lächelte, redete wieder los und sagte am Ende noch einmal: »Ti amo, Björn-Oskar.«

Anna sagte rasch: »Wörtlich übersetzt bedeuten diese beiden Worte ›dich liebe‹. *Ich* zu sagen ist gar nicht nötig.«

»Nicht nötig? Wie kannst du dann wissen, dass sie sich meint und keine andere, wenn sie … also, du weißt schon, was ich meine«, stotterte ich.

»Immer mit der Ruhe, Björn-Oskar. Das Wort *ich* ist praktisch ins Verb mit eingebacken. Sieh mal.«

Anna schrieb auf einen Zettel:

»Das bedeutet: Ich liebe, du liebst, er oder sie liebt, wir lieben, ihr liebt, sie lieben«, erklärte Anna und zeichnete ein kleines rotes Herz auf das Blatt. Jetzt wagte ich wirklich nicht mehr Rosamaria anzusehen.

Nicolas hatte den Plattenspieler eingeschaltet. Dann legte er den Arm um Anna, doch sie machte sich sanft los und lächelte Nick an. Nick und Anna walzten los. Otto nahm Helle auf den Arm und Ümit an die Hand und tanzte mit beiden. Nicolas sah ein bisschen gekränkt aus, tanzte dann alleine und schwenkte seine Baguette im Takt der Musik. Ich hörte, wie Nick Anna zuflüsterte: »How many do you have left?«

Wie viele wovon, überlegte ich. Und Nick flüsterte weiter. Er hörte sich fast ein wenig ängstlich an. »Don't forget to ...«

Den Rest hörte ich nicht, denn nun wurde ich von Rosamaria zum Tanz aufgefordert. Das sollten Tom und die anderen sehen, dachte ich, als sie ihre Arme um meinen Hals legte. Mehr konnte ich nicht denken, denn plötzlich hörten wir den Hausschlüssel. Meine Mutter kam zurück. Wir hatten total vergessen auf die Uhr zu schauen.

Anna murmelte laut und schnell irgendetwas, und ehe meine Mutter die Treppe hochgekommen war, waren die anderen alle verschwunden. Ich starrte den Boden neben dem Plattenspieler an, dort hatte doch eben noch Rosamaria gestanden. War da nicht gleich neben der Teppichkante ein kleiner roter Fleck?

»Hallo«, sagte meine Mutter. »Ihr habt die Musik aber laut gedreht. Und es riecht seltsam, fast ein wenig ... heiß ... irgendwie.«

Auch ich bemerkte diesen seltsamen Geruch und erinnerte mich an den Geruch vom vorletzten Freitag, als Gunnleikr zu Besuch gekommen war.

»Uns ist leider die Pizza angebrannt«, sagte Anna.

»Ach so«, sagte meine Mutter. »Und wie habt ihr euch die Zeit vertrieben, während ich weg war?«

»Ach, wir haben nichts Besonderes gemacht«, antwortete Anna. »Ein wenig ferngesehen und so. Uns über unterschiedliche Sprachen und Dialekte unterhalten.«

»Ach«, sagte meine Mutter, lächelte Helle an und fragte mit zärtlicher Stimme: »Na, mein Herzchen, hast du's gut gehabt, als Mama weg war?«

»Baba«, sagte Helle und meine Mutter nahm sie auf den Arm.

»Jetzt muss ich wirklich los«, sagte Anna. Dieser Satz schien ein wenig in der Luft zu hängen, aber niemand sagte etwas. Anna raffte ihre Riesenbonbontüte und die vielen Bücher zusammen.

»Mach's gut, Björn-Oskar. Bis Freitag!«

Ich ging zum Fenster. Anna ging zur Straßenbahn. Sie lief ziemlich langsam. Ihr Rücken kam mir ein wenig schief vor, das kam sicher von der Tasche mit den vielen Büchern.

Ich wüsste ja gern, wo sie wohnt und wie es bei ihr zu Hause aussieht, dachte ich. Laut fragte ich: »Du, Mama, wo wohnt Anna eigentlich?«

»Das fällt mir auf die Schnelle nicht ein. Aber sie hat mir ihre Adresse aufgeschrieben. Was habe ich nur mit dem Zettel gemacht?«, wunderte sich meine Mutter und wühlte in ihrer Schultertasche. Dabei murmelte sie: »Wo steckt der denn nur? Ich hatte ihn doch hier.«

Sie drehte die Tasche um und es fiel ziemlich viel Zeug heraus: ihre Brieftasche, zwei Taschentücher, etwas, das aussah wie ein Lippenstift, eine Packung Kaugummi, ein Kamm und ein Schlüsselbund. Sie schüttelte die Tasche, aber die war jetzt leer. Sie öffnete ihre Brieftasche und schaute auch darin nach. »Das kapier ich nicht. Ich bin ganz sicher, dass ich den Zettel hier hatte«, sagte sie noch einmal.

»Aber du weißt doch sicher, wie sie mit Nachnamen heißt?«, fragte ich ein wenig resigniert.

»Sicher, sie heißt Nomen.«

»Nomen?«

»Ja, Nomen. Wieso willst du das wissen?«

»Ach, einfach so«, sagte ich. Dann fiel mir plötzlich der rote Fleck wieder ein, den ich auf dem Boden gesehen hatte, und ging zum Plattenspieler. Ich konnte nichts mehr erkennen. Ich legte mich auf alle Viere und schaute unter dem Regal nach. Nichts. Nur eine Socke von Helle und zwei Wollmäuse.

»Was suchst du denn?«, fragte meine Mutter überrascht.

»Nichts. Öm, ach, ich weiß auch nicht«, sagte ich und das stimmte ja auch.

Im Telefonbuch konnte ich keine Anna Nomen finden. Am Montag rief ich bei der Auskunft an, aber auch die konnten mir nicht weiterhelfen. Vielleicht hatte Anna ja kein Telefon. Aber sie musste doch irgendwo wohnen, schließlich hatte sie meiner Mutter ja auch ihre Adresse aufgeschrieben. Ich rief beim Einwohnermeldeamt an. Die kannten auch keine Anna Nomen.

Da ich wusste, dass Anna Studentin war, suchte ich mir die Nummer der Universität heraus. Ich sagte, ich suchte eine Linguistikstudentin namens Anna Nomen. Daraufhin wurde ich ans Sprachwissenschaftliche Institut verwiesen. Als ich dort anrief, meldete sich zuerst eine sehr nette Frau, dann kam ein ziemlich ungeduldiger Mann ans Telefon. Beide wussten nichts von einer Studentin, die Anna Nomen hieß und lange, hellbraune Haare hatte.

»Ich sitze hier sogar gerade vor unserer Studierendenliste und darauf ist dieser Name mit Sicherheit nicht vertreten«, sagte der Mann unwirsch.

Es war einmal ...

Als ich am nächsten Freitag aus der Schule kam, saß Anna auf dem Sofa und war in eins ihrer dicken Bücher vertieft. Ihre langen braunen Haare verdeckten fast ihr Gesicht. Doch als ich das Wohnzimmer betrat, setzte sie sich gerade hin, legte das Buch weg und fing an zu murmeln. Ihre Augen leuchteten gelb hinter den Brillengläsern und ihre großen Ohren nahmen fast den Farbton ihres roten Pullovers an. Sie sah mich an und lächelte.

Ich schaute mich gespannt im Zimmer um, doch außer mir und Anna war niemand da. Vielleicht hatten ihre Zauberkräfte diesmal ja nicht gewirkt. »Kommt heute denn gar kein Besuch?«, fragte ich enttäuscht.

»Nein, wir brauchen keinen Besuch. Ich möchte dir heute nämlich ein wenig über die verschiedenen Schriftsprachen erzählen. In Norwegen haben wir ja gleich zwei davon«, sagte Anna. »Viele Länder haben mehrere Sprachen. Aber es kommt nur selten vor, dass ein Land zwei Schriftsprachen hat, noch dazu, wenn sie sich so ähnlich sind wie die beiden norwegischen.«

»Ja, aber warum haben wir diese beiden Sprachen?«, fragte ich.

»Weil vor sechshundert Jahren die norwegische Bevölkerung in Scharen an einer Seuche gestorben ist und weil Norweger vor hundertfünfzig Jahren die Schweden und Dänen satt hatten«, antwortete Anna lakonisch und steckte sich ein Himbeerbonbon in den Mund.

»Das sind aber komische Gründe«, fand ich.

»Hast du vom schwarzen Tod gehört?«, wollte Anna wissen.

Ich nickte. Den hatten wir erst vor kurzer Zeit in der Schule durchgenommen. Ich wusste noch, dass es sich um eine Pestart handelte, die im 14. Jahrhundert nach Bergen gekommen war. Diese Krankheit war ungeheuer ansteckend und viele Menschen waren daran gestorben.

»Der schwarze Tod hat in ganz Europa gewütet. Angeblich war Norwegen besonders stark betroffen und verlor mehr als die Hälfte seiner Bevölkerung. Nach dem schwarzen Tod war Norwegen jahrhundertelang unter dänischer und dann unter schwedischer Herrschaft. Und irgendwann hatten unsere Vorfahren die Nase voll«, erzählte Anna. »Sie wollten endlich wieder richtige Norweger sein. Im 19. Jahrhundert fing man dann auch an Märchen, Sagen und Volkslieder zu sammeln. Die Norweger schwärmten für die Wikingerzeit, denn da war unser Volk stark und selbständig gewesen. Eine norwegische Schriftsprache existierte im 19. Jahrhundert nicht, die war mit dem schwarzen Tod ausgestorben.«

»Heißt das, dass in Norwegen gar nichts geschrieben wurde?«

»Das nicht, geschrieben wurde schon, aber auf Dänisch. Und viele fanden schließlich, in Norwegen solle norwegisch geschrieben werden. Ich will dir jetzt von Ivar erzählen, der die Sprache Nynorsk, Neunorwegisch, erfunden hat, und von Knud, dem Erfinder der Buchsprache, Bokmål. Beide wollten Schulkindern das Lesen und Schreiben erleichtern. Die Kinder in Norwegen sprachen natürlich norwegisch, schrieben in der Schule aber dänisch. Ivar und Knud fanden, dass Norweger in ihrer eigenen Schriftsprache schreiben sollten. Eine Nation braucht eine eigene Sprache! Sie konnten sich allerdings nicht auf ein gemeinsames Vorgehen einigen. Und jetzt kommt die Geschichte von Ivar.«

Ich schaute schnell auf die Uhr. Ich war mit Tom und den anderen zum Fußball verabredet, und »die Geschichte von Ivar« hörte sich, ehrlich gesagt, nicht weiter spannend an. Außerdem erinnerte mich das alles zu sehr an den Norwegischunterricht bei Jonas. Doch Anna redete schon wieder weiter: »Es war einmal ein Mann, der mit Vornamen Ivar und mit Nachnamen Aasen hieß. Über vier Jahre lang reiste Ivar durch Norwegen und schrieb auf, wie die Leute redeten. Dann setzte er sich an den Schreibtisch und entwickelte eine Sprache, die auf seinen Beobachtungen aufbaute. Auf diese Weise entstand die Sprache Nynorsk. Ivar nannte sie übrigens Landsmål, Landessprache. Nynorsk ist ein viel neuerer Name.«

Ich nickte.

»Aber jetzt kommt die Geschichte von Knud«, sagte Anna. »Es war einmal ein weiterer Mann namens Knud Knudsen. Er war Oberlehrer. Knud mochte die dänische Sprache nicht, aber Ivars Vorschlag sagte ihm auch nicht zu. Er hielt es für richtiger, die dänische Schriftsprache norwegischer zu gestalten. Er wollte die Schreibweise verbessern und eher so schreiben, wie gesprochen wurde.

Und er fand, dabei solle man auf die hören, die das reinste Norwegisch sprachen.«

»Das reinste Norwegisch?«, wiederholte ich. »Was ist das? Und wer soll das gesprochen haben?«

»Ach«, nickte Anna. »Hör einfach zu. Viele würden sagen, dass es die Kategorie, reiner als andere zu sprechen, gar nicht gebe. Aber Knud glaubte, dass die Gebildeten die beste Sprache sprächen. Unter den Gebildeten verstand er die Leute, die in der Hauptstadt lebten und Geld hatten. Ihre Sprache wurde zum Ausgangspunkt für sein Bokmål. – So, das waren die Geschichten von Knud und Ivar, deshalb haben wir zwei norwegische Schriftsprachen.«

»Und in anderen Ländern? Wie war das da?«, fragte ich. Ich hatte eigentlich keine Zeit mehr, ich wollte doch zum Fußball, aber das musste ich nun doch noch wissen.

»Ganz unterschiedlich, aber in vielen europäischen Ländern hat sich die Schriftsprache durch die Bibel entwickelt. In Deutschland und Dänemark war das so. Als Martin Luther die Bibel ins Deutsche übersetzen wollte, musste er eine Sprachform finden, die überall in Deutschland verstanden werden konnte. Er hatte viele Wörter selber erfunden und sich darüber hinaus auf eine Schreibweise gestützt, die damals viel von Händlern und Beamten benutzt wurde. Weil die Bibel so wichtig war, galt ihre Sprache bald als die einzig richtige. Luthers Bibelübersetzung war Vorbild für Bibelübersetzungen in viele andere Sprachen, auf diese Weise hat er zum Beispiel auch das Dänische und damit um einige Ecken herum das Norwegische beeinflusst.«

Das wurde mir zu kompliziert. Ich schnappte mir mein Trainingszeug und stürzte aus der Tür. Auf dem Weg zum Fußballplatz nahm ich einen leichten Geruch wahr. Es war wieder dieser eigentümliche, leicht verbrannte Geruch und diesmal schien er seltsamerweise von mir zu kommen.

Als ich vom Fußball zurückkam, saß meine Mutter im Wohnzimmer, nicht Anna. »Hallo«, sagte meine Mutter. Ihre Stimme hörte sich müde an.

»Hallo, da bist du ja schon? Wo ist Anna?«

»Ach, ich konnte heute ein wenig früher Feierabend machen«, sagte meine Mutter und gähnte. »Anna ist gerade gegangen. Bist du ihr nicht begegnet?«

»Nein«, antwortete ich. »Wo wollte sie denn hin?«

»Keine Ahnung«, sagte meine Mutter. »Warum willst du das wissen?«

Ich ging zum Fenster und sah Anna, die auf dem Weg zur Straßenbahn war. Ich gab keine Antwort, sondern fragte: »Hast du den Zettel mit ihrer Adresse wieder gefunden?«

»Sie hat sie mir noch einmal aufgeschrieben«, sagte meine Mutter und wühlte in ihrer Tasche.

Ich war mir ziemlich sicher, dass sie auch diesen Zettel nicht finden würde, deshalb sagte ich: »Vergiss es, so wichtig ist das auch wieder nicht.«

»Macht es dir etwas aus, wenn ich gleich ins Bett gehe?«, fragte meine Mutter, schloss ihre Tasche und gähnte noch einmal. »Ich bin so kaputt. Kannst du dir heute Abend nicht einfach ein Käsebrot machen?«

»Aber sicher, alles klar«, sagte ich.

Als meine Mutter nach oben gegangen war, schlich ich mich aus dem Haus. Jetzt wollte ich endlich mehr über die geheimnisvolle Anna in Erfahrung bringen. Ich rannte in die Richtung, in der sie verschwunden war. Wenn ich sie nur noch einholen könnte! Aber zum Glück stand sie an der Straßenbahnhaltestelle und wartete auf die Bahn, die Richtung Stadt fuhr. Ich trat hinter einen Baum und wartete. Dabei hatte ich schreckliche Angst, sie könne mich entdecken. Die Bahn kam, Anna stieg in den ersten Wagen ein, ich konnte gerade noch in den letzten springen, dann wurden die Türen geschlossen. Ich stellte mich so hin, dass ich in den ersten Wagen schauen konnte. Anna setzte sich, zog ein dickes Buch aus ihrer Tasche und fischte aus der Riesentüte ein Himbeerbonbon. Wir fuhren und fuhren, Anna blieb bis zur vorletzten Haltestelle sitzen. Unbemerkt sprang ich aus dem Wagen. Anna lief durch eine Straße, bog dann nach rechts in eine dunkle Gasse ein, dann ging sie wieder nach rechts und verschwand hinter einer Ecke. Ich folgte ihr langsam und versuchte sie ja nicht aus den Augen zu verlieren. Dabei stieß ich mit einem Mann zusammen, der plötzlich aufgetaucht war. Er packte mich am Arm und musterte mich streng.

»Entschuldigung«, sagte ich. »Ich habe Sie nicht gesehen.«

»Nein, dessen bin ich mir bewusst«, brummte der Mann recht freundlich in seinen Bart, ließ meinen Arm aber nicht los. »Wer bist du?«

»Ich heiße Björn-Oskar und habe es sehr eilig«, antwortete ich ungeduldig und hätte dem Alten gerne eins vors Schienbein gegeben. Ich beschloss, es zu tun, obwohl er wirklich schon sehr alt war, trat zu, riss mich los und rannte zu der Ecke, hinter der Anna verschwunden war. Die Straße war wie ausgestorben. Weit und breit kein Mensch zu sehen.

»Also ich heiße Ivar«, sagte eine Stimme hinter meinem Rücken. Der Mann mit dem Bart war mir gefolgt und stand nun hinter mir. Und erst jetzt sah ich, dass er einen seltsamen altmodischen Anzug trug. Die Hose war ein wenig zu kurz und zwischen ihr und seinen schwarzen Schuhen zeichneten sich solide rote Strickstrümpfe ab. Auf dem Kopf trug er einen Hut.

»Bestimmt hat Anna meiner doch Erwähnung getan«, er lächelte.

»Sie kennen Anna?«, fragte ich überrascht. »Wissen Sie, wo sie wohnt? Und wer sie überhaupt ist?«

»Anna, ja. Sicher ist sie mir bekannt. Nein, was heißt schon wohnen. Du weißt, wir wohnen eigentlich gar nicht.«

»Wie meinen Sie das? Wer ist wir?«

»Wir, das ist ein Personalpronomen, Mehrzahl, Subjektform«, antwortete der alte Mann langsam.

»Das habe ich nicht gemeint«, erwiderte ich verzweifelt. »Wer ist wir? Warum sagen Sie wir?«

»Ach«, antwortete der alte Mann mit zitternder Stimme. Er klang ein wenig beschämt. »Ich habe mich nun einmal an diese Sprache gewöhnt.«

Ich gab auf und fragte stattdessen: »Woher kennen Sie Anna?«

»Anna kenne ich schon lange. Sie ist eine treffliche Jungfer.«

Ich nickte. Der alte Mann sah mich an und zwinkerte mir zu:

»Lieber Freund, vergiss nicht, wir sind viele, wir sind eins. Und …«

Er verstummte. Dann murmelte er etwas wie »Obacht!« und dass das hier das letzte Mal sein müsse und Anna irgendetwas nicht vergessen dürfe. Er setzte sich in Bewegung. Ich lief hinterher und wollte noch weitere Fragen stellen, doch der alte Mann murmelte einfach weiter vor sich hin, bog dann um eine Ecke und war plötzlich verschwunden.

Wieder stand ich alleine da. Was für ein seltsamer alter Mann! Ich glaube, Anna hat meiner Erwähnung getan, hatte er gesagt. Wir sind viele, wir sind eins, das hatte er auch gesagt. Was mochte das bedeuten? Ob er einfach ein alter Trottel war? Er hatte sich als Ivar vorgestellt. Ich hatte in letzter Zeit mit Anna so viel Seltsames erlebt, dass ich mich schon fragte, ob der alte Mann möglicherweise der Spracherfinder Ivar Aasen gewesen sein könnte. Aber warum redete er dann so gestelzt? Ein Spracherfinder musste doch wohl seine eigene Sprache sprechen!

Ich beschloss, noch ein wenig nach Anna zu suchen und dann nach Hause zu gehen. Aber ich gab auf, nachdem ich an den Klingelbrettern von drei Häusern die Namen gelesen hatte. Niemand dort hieß Nomen, und es gab auch keine Anna. Enttäuscht und hungrig fuhr ich mit der Straßenbahn zurück nach Hause.

Nachdem ich mir vier riesengroße Käsebrote einverleibt hatte, setzte ich mich mit dem Lexikon ans Küchenfenster. Unter Aa fand ich einen ziemlich langen Artikel über Ivar Aasen. Mit einem Bild. Sofort erkannte ich den alten Mann, der mir an diesem Abend begegnet war. Ganz bestimmt war er es gewesen! Ich überflog den Lexikonartikel. Am Ende stand, dass Ivar Aasen, obwohl er von einem westnorwegischen Bauernhof stammte, als Erwachsener ein sehr dänisches Norwegisch gesprochen hatte. Und dort stand auch, dass der Mann, den ich vor nur einer Stunde gesprochen hatte, schon seit gut hundert Jahren tot war.

Nimm ein Wort und lass es wandern

Endlich war eine weitere Schulwoche zu Ende! Tom und die anderen wollten ins Kino, ich sagte, ich hätte keine Zeit.

»Was treibst du eigentlich neuerdings am Freitag, Björn-Oskar?«, fragte Tom.

»Ach, nur … ich bin einfach nur zu Hause«, sagte ich schnell und fügte hinzu, dass ich es eilig hätte. »Macht's gut!«

Ich ging rückwärts los. Ich sah, dass Tom sich zu Terje und Lasse vorbeugte und etwas sagte. Alle lachten laut. Dann sagte Tom etwas zu Anniken und die schaute verdutzt hinter mir her. Ich drehte mich um und stürzte los.

Zu Hause lag eine Karte im Briefkasten. Sie war für mich, war aber nicht mit einer Adresse versehen. Die Karte zeigte einen gepflasterten Platz und viele Menschen und Tauben, darunter stand in großen roten Buchstaben ROMA. Die Karte hatte eine italienische Briefmarke, der Poststempel war so undeutlich, dass ich ihn nicht entziffern konnte. Auf der Karte stand:

Björn-Oskar!
Ti amo.
Ciao!!
Rosamaria

Ich lächelte und las die Karte noch einmal. Roch sie nicht ein wenig seltsam, wie angebrannt? Und kam mir die Schrift nicht irgendwie bekannt vor? Ich steckte die Karte in meine Schultasche und ging ins Haus.

Anna hatte Helle auf dem Schoß und saß mit einer Frau und einem Mann, die sich in weiße Laken gehüllt hatten, im Wohnzimmer. Ich war von Anna ja schon allerlei gewohnt, deshalb setzte ich mich einfach neben sie aufs Sofa. Auf dem Tisch lagen viele dicke Bücher und die Tüte mit den Himbeerbonbons.

Anna zwinkerte mir zu. »Du siehst so fröhlich aus, Björn-Oskar. Ist etwas Besonderes passiert?«

»Das nicht«, sagte ich, aber ein Lächeln konnte ich doch nicht unterdrücken. »Worüber reden wir heute?«

»Heute reden wir über geliehene Wörter«, antwortete Anna.

»Spitze«, sagte ich. »Und wer sind unsere Gäste?«

»Kennst du den Unterschied zwischen einem Fremdwort und einem Lehnwort?«, fragte Anna, ohne mir eine Antwort auf meine Frage zu geben.

»Anna, wer ist das?«, quengelte ich.

»Audi, vide, tace, si vis vivere in pace!«, sagte plötzlich der fremde Mann mit mürrischer Stimme.

»Was bedeutet das? Und wer ist der Mann?«

Anna seufzte und sagte: »Die Frau heißt Elena, sie ist Griechin. Sie spricht die Sprache des antiken Hellas. Und der andere ist Augustus. Er ist Römer und spricht klassisches Latein. Latein war eine der Sprachen, die man zu der Zeit, als Jesus geboren wurde, also vor fast zweitausend Jahren, in Italien sprach. Griechisch und Latein sind beides indogermanische Sprachen.«

»Italien«, wiederholte ich und hoffte sofort, dass Rosamaria vielleicht auftauchen würde. Aber Anna redete einfach weiter: »Latein ist noch heute eine wichtige Sprache, es wurde während des gesamten Mittelalters in vielen europäischen Ländern als Schriftsprache benutzt. Und in der katholischen Kirche ist das nach wie vor der Fall.«

»Aber was hat er gesagt, Anna?«

»Halt die Klappe!«

»Was?«, fragte ich überrascht. So hatte Anna mich noch nie angemacht.

»Augustus hat gesagt, du sollst die Klappe halten. Du bist ihm sicher auf die Nerven gegangen, er hat nämlich gesagt: Horche, sieh und schweige, wenn du in Frieden leben willst. Das ist ein Sprichwort.«

»Himmel!«

»Das Wort *audi* hast du vielleicht erkannt, es bedeutet *horch!* Du kennst doch das Wort Auditorium, das ist eine Art Horchraum. Und das Wort für *sieh*, also *vide*, finden wir in Video. Und *pax*, das heißt Friede, ist dasselbe Wort wie das englische *peace.«*

»Wenn du meinst«, sagte ich.

Augustus räusperte sich und hob die Hand, um uns zum Schweigen zu bringen. Ich machte den Mund auf, um eine Frage zu stellen. Anna achtete weder auf mich noch auf den Lakenmann, sondern beantwortete ihre eigene Frage. »Lehnwörter und Fremdwörter haben wir aus anderen Sprachen übernommen. Fremdwörter hören sich fremd an, wir wissen sofort, wenn wir es mit einem zu tun haben. Beispiele für Fremdwörter sind Zoologie, Psychologie und Religion. Auch Lehnwörter haben wir aus anderen Sprachen übernommen, aber wir haben sie unserer eigenen Sprache so angepasst, dass uns das gar nicht mehr bewusst ist. Beispiele für Lehnwörter sind Fenster, Fieber und Nase.«

Ich dachte ein wenig darüber nach, dann sagte ich: »Du, Anna, den Unterschied zwischen Fremdwort und Lehnwort hab ich noch nicht ganz kapiert. Religion kommt mir nicht fremder vor als Nase.«

Anna nickte.

»Nein, eigentlich hast du Recht. Der Unterschied ist wirklich nicht so wichtig, wenn du keine Sprachforschung betreiben willst. Aber oft ist es so, dass ein Wort umso weniger fremd klingt, je länger es schon bei uns ist. Oft verändert so ein Wort sich im Laufe der Zeit. Das Wort *Keks* haben wir aus dem Englischen übernommen. Es stammt von *cakes* und wurde früher auch so geschrieben, erst mit der Zeit ist Keks daraus geworden.«

»Und Kuchen bedeutet es auch nicht mehr«, warf ich dazwischen.

»Nein, der Wortsinn hat sich ein wenig verändert. Und die englische Mehrzahlform ist bei uns zur Einzahl geworden.«

»Wie meinst du das?«, fragte ich.

»*Cakes* ist doch englisch und bedeutet mehrere Kuchen, aber bei uns ist ein Keks nur ein kleines Plätzchen.«

Anna schaute zu ihrer Bonbontüte hinüber.

»Und *drops* kommt vom englischen Wort für Tropfen.

Ein Tropfen ist *a drop* und in der Mehrzahl werden daraus *drops.*«

»Raindrops keep falling on my head«, sang ich. Augustus und Elena blickten mich überrascht an. Mir kam eine Ahnung, weshalb sie hier waren. Ich sah, dass Anna mich ansah. Aber sie wollte nicht wissen, dass ich noch immer schrecklich neugierig auf diese beiden Gäste war, und deshalb fragte ich nur: »Haben wir viele solche Fremdwörter?«

»Aber sicher«, sagte Anna. »Jede Menge. Und jetzt halt dich fest! Fast die Hälfte aller norwegischen Wörter haben wir aus dem Deutschen übernommen. Ohne ein deutsches Lehnwort können wir fast keinen Satz bilden. Ich sag dir mal ein paar Beispiele für solche Lehnwörter.«

Ohne Atem zu holen, sagte Anna blitzschnell auf: »Barsch, erzählen, bezahlen, kosten, Verachtung, Handschuh, Flucht, Gesicht, vorbei, begreifen, brauchen, ansetzen, fummeln, Held, krumm, geschickt, mündlich. Ja, und auch Sprache.«

»Ach«, sagte ich überwältigt. »Das sind doch ganz normale Wörter. Wann ist das denn passiert?«

»Es fing im 13. Jahrhundert an und ging dann noch einige Jahrhunderte so weiter. Damals kamen viele deutsche Händler nach Norwegen. Und sie waren tüchtig und wurden im Laufe der Jahre sehr einflussreich. Lehnwörter haben sehr viel mit Macht zu tun, verstehst du. Sprachen, die anderen Sprachen Wörter geben, sind Sprachen, die von Menschen mit Macht und Einfluss gesprochen werden.«

»Wieso denn Macht?«

»Tja, das braucht keine politische Macht zu sein, aber meistens ist das eben doch der Fall. Heute übernehmen das Norwegische und auch andere Sprachen viele Wörter aus dem Englischen, nicht wahr?«

»Sicher, ich benutze haufenweise englische Wörter.«

»Welche denn?«

»Skateboard, Jeans, okay, Cheeseburger, Walkman ...«

»Und denkst du dabei daran, dass es englische Wörter sind?« Anna schien beeindruckt zu sein.

»Na ja, wir haben gerade in der Schule darüber gesprochen«, gab ich zu. »Unser Lehrer will nicht, dass wir englische Wörter benutzen, wir sollen *Entschuldigung* sagen und nicht *sorry*.«

»Dann würde er sich auf Island sicher wohl fühlen. Da gibt es nämlich kaum Lehnwörter«, erzählte Anna. »Sie erfinden dafür lieber isländische Wörter. Sie sagen zum Beispiel nicht Theater, sondern *leikhus*, Spielhaus. Auch in Deutschland hat es solche Beispiele gegeben, französische und lateinische Wörter wurden durch deutsche ersetzt, statt Parapluie und Perron sagt man heute Regenschirm und Bahnsteig. Aber andere Vorschläge, zum Beispiel Meuchelpuffer für Pistole und Schauburg für Theater, haben sich nicht durchsetzen können.«

Elena hustete kurz, dann sagte sie etwas zu Anna. Anna übersetzte. »Elena wollte nur darauf hinweisen, dass Theater ein griechisches Wort ist. Aber zurück zum Englischen. Es ist natürlich kein Zufall, dass wir im Moment so viele englische Wörter entlehnen. Die USA sind das mächtigste Land auf der Welt, und das macht sich eben überall bemerkbar. Denk nur an Musik und Film.

Auch in Forschung und Wissenschaft läuft vieles nur auf Englisch.«

»Ja, genauso bei Computern und im Sport«, sagte ich.

»Richtig«, sagte Anna. »Aber nicht immer sind Wörter vom Englischen ins Norwegische gewandert. Im Mittelalter war es eher umgekehrt, nämlich als die Wikinger und Angelsachsen sich in England niederließen und natürlich ihre Sprachen mitnahmen. Aus ihnen entwickelte sich mit der Zeit die Sprache, die später Englisch genannt wurde. Wir finden darin viele nordische Wörter.«

»Welche denn?«

»Ziemlich viele. Die Namen der Wochentage zum Beispiel: Tuesday, Wednesday, Thursday und Friday heißen nach altnordischen Gottheiten. Und viele Ortsnamen in England enden auf -by. Grimsby zum Beispiel, und das sind alte nordische Siedlungsnamen.«

»Grimsby hat eine gute Fußballmannschaft«, sagte ich.

»Ach ja«, ignorierte Anna meinen Einwand und erzählte weiter. »Das englische Wort für Himmel, also *sky*, kommt vom norwegischen *sky*, Wolke. Und das englische hat sogar die altnordische Aussprache beibehalten, während wir das Wort im Norwegischen heute anders aussprechen. Auf Englisch wird das Wort eher so ausgesprochen, wie es geschrieben wird.«

»Jedenfalls am Wortanfang«, sagte ich.

»Ja, da hast du wirklich Recht«, meinte Anna, nachdem sie sich die Sache überlegt hatte. »Wenn du die englische Aussprache des Wortanfangs und die norwegische des Wortendes zusammennimmst, dann weißt du, wie Gunnleikr sich anhört, wenn er über Wolken spricht. Auch *kettle*, *guest* und *happy* sind englische Lehnwörter aus dem Altnordischen. Und *window* natürlich. Gunnleikr sagt dazu *vindauga*.«

»Vindauga gefällt mir viel besser als Fenster, man kann gleich hören, wovon die Rede ist«, sagte ich.

»Hm«, meinte Anna. »Es geht noch viel komplizierter. Statt *taxi* haben wir in Norwegen früher *drosje* gesagt, dieses Wort hatten wir aus dem Deutschen von *Droschke* übernommen. Jetzt sagen wir *taxi*, das haben wir aus dem Englischen, und wir sprechen es englisch aus, mit englischem ä – aber im Englischen ist es ein Lehnwort aus dem Deutschen, was sagst du dazu?«

»Meine Güte, was für ein Hin und Her ... Aber, Anna, die Bezeichnung Lehnwort ist eigentlich gar nicht richtig, die Wörter, die verliehen werden, kriegt man offenbar nur selten zurück. Es müsste eigentlich Schenkwort oder Stehlwort heißen.«

»Stimmt, das habe ich mir noch nie überlegt. Aber es heißt nun einmal Lehnwort. Einige norwegische Wörter werden übrigens in fast allen Sprachen benutzt, *ski*, *fjord* und *troll* zum Beispiel.«

»Übernehmen wir denn heute nur noch englische Wörter?«, fragte ich in der Hoffnung auf jede Menge italienischer Lehnwörter.

»Das nicht, einige entlehnen wir auch aus dem Schwedischen«, sagte Anna vage. »Aber jetzt solltest du dich endlich mit Elena und Augustus unterhalten.«

Elena und Augustus nickten mir mit ernster Miene zu. Anna sagte: »Aus dem Griechischen und dem Lateinischen haben wir nämlich jede Menge Wörter entlehnt.

In der Wikingerzeit und heute. Alle Monatsnamen zum Beispiel stammen aus dem Lateinischen. Und heutzutage werden oft neue Wörter aus griechischen und lateinischen Bestandteilen gebildet. Bei Erfindungen mitunter. *Mikroskop* ist aus zwei griechischen Wörtern zusammengesetzt, nicht wahr, Elena?«

Elena sagte etwas. Anna nickte und lächelte und wollte sich offenbar wieder mir zuwenden. Doch Elena redete weiter. Sie hörte sich sehr besorgt an, fand ich, und mehrere Male legte sie Anna die Hand auf den Arm. Anna schüttelte den Kopf und schlug die Augen nieder.

»Was sagt sie, Anna?«, fragte ich gespannt.

»Elena erzählt von den Teilen, aus denen das Wort Mikroskop zusammengesetzt ist. Sie sagt, *mikros* bedeutet *klein* und *skop* kommt vom griechischen Wort für *sehen«,* antwortete Anna. Aber ich wusste, dass das nicht stimmte. Ich hatte zwar kein Wort verstanden, aber ich hatte doch kapiert, dass sie über ein sehr viel ernsteres Thema gesprochen hatte.

»Anna«, ich machte noch einen Versuch, aber als ich Annas Gesichtsausdruck sah, verstummte ich. Anna erzählte weiter: »Fernsehen ist, das weißt du sicher, die direkte Übersetzung vom Fachwort *Television.* Der hintere Teil des Wortes hängt mit dem lateinischen Wort für *sehen* zusammen, genau wie bei *Video. Tele* dagegen ist griechisch und heißt *fern.* Da hast du ein Beispiel für ein lateinisch-griechisches Mischwort. Man kann daraus schließen, dass dieses Wort erst vor kurzer Zeit entstanden ist.«

Mein Blick wanderte von Anna zu Elena und wieder

zurück. Beide schauten mich an. Ein wenig überrascht und ein wenig zerstreut.

Die tun so, als sei zwischen ihnen gar nichts gelaufen, dachte ich. Laut sagte ich: »Und was ist mit Telefon?«

Elena und Anna lächelten und schienen fast ein wenig erleichtert zu sein. Anna erwiderte: »*Phon* kommt ursprünglich aus dem Griechischen und bedeutet Laut oder *Stimme,* Telefon heißt einfach Fernsprecher, und so wird es ja auch oft genannt. Telegraph heißt Fernschrift. Alle diese Wörter, die aus dem Griechischen und Lateinischen stammen, werden nicht nur im Norwegischen verwendet, sondern noch in vielen anderen Sprachen.«

Während Anna sich über lateinische und griechische Wörter ausließ, die in allen möglichen Sprachen benutzt wurden, saßen Elena und Augustus Händchen haltend und lächelnd auf dem Sofa. Sie kamen mir beide ein wenig eingebildet vor. Sie ließen ihre Blicke vom *Telefon* zum *Video,* zum *Radio* und zur *Stereo*-Anlage wandern, dann weiter zum *Thermometer* und zum *Barometer* an der Wand, zum *Thermostat* am *Radiator* und schließlich zum *Lexikon* im Bücherschrank und zur *Lithographie* über dem Sofa.

Anna sagte: »Wie du siehst, bestehen viele Wörter aus einem lateinischen und einem griechischen Teil. Viele lateinische und griechische Wörter sind fast wie Bauklötze, die man auf unterschiedliche Weise zusammensetzen kann. Die griechische Vorsilbe *a-* zum Beispiel bedeutet *nicht*, wenn wir etwas atypisch nennen, dann ist es nicht typisch. Und apolitisch bedeutet: nicht politisch.

Und *poly*, ja, das hat nichts mit Politik zu tun, es bedeutet *viel*. Diesen Baustein finden wir zum Beispiel in …«

Anna wurde davon unterbrochen, dass Augustus und Elena jetzt laut und wütend aufeinander einredeten. Helle schaute sie an und heulte los. »Sie streiten sich darum, welche die bessere Sprache ist, Latein oder Griechisch«, sagte Anna zu mir. Augustus und Elena waren aufgestanden und schrien sich jetzt an. Neugierig kam Gustav die Treppe heruntergewandert.

»Feles!«, sagte Augustus und hörte sich plötzlich wieder sanft und freundlich an. »Aflouros«, sagte Elena und lächelte. Beide gingen in die Hocke und streichelten den laut schnurrenden Gustav.

Seltsam, dass Gustav diese Schreihälse leiden mochte. Wo er doch sonst solche Angst vor Fremden hatte, wunderte ich mich.

Anna dachte kurz nach, dann sagte sie: »Heute spielt Englisch in vieler Hinsicht dieselbe Rolle wie Latein im Mittelalter. Auf internationalen Zusammenkünften ist es die Verständigungssprache.« Kaum hatte sie das gesagt, da sprang Augustus auf und schrie empört: »Horribile dictu!«

Gustav jagte unter das Sofa. Und ich fragte: »Was sagt er, Anna? Und warum ist er schon wieder so böse?«

»Er hat ›schrecklich zu sagen!‹ ausgerufen. Das erste Wort kennst du doch vom englischen *horrible* her, nicht wahr? Und *dictu* hängt mit dem Wort Diktat zusammen. Augustus ärgert sich, weil ich Englisch als das Latein unserer Zeit bezeichnet habe.«

»Ich wusste gar nicht, dass er Norwegisch versteht.«

»Ich auch nicht«, Anna wirkte resigniert. »Aber das ist offenbar der Fall. Und miteinander können die beiden sich offensichtlich auch unterhalten.«

»Vade mecum«, sagte Augustus zu Elena und beide standen auf und gingen zur Treppe, ohne sich zu verabschieden.

»Vademecum? Wollen die sich die Zähne putzen?«, fragte ich.

»*Vade mecum* bedeutet *komm mit mir«,* erklärte Anna. »Ich glaube, sie sind ein bisschen sauer. Vielleicht finden sie, ich hätte zu wenig über Griechisch und Latein gesprochen. Ach, es tut mir wirklich Leid, dass ich sie eingeladen habe.«

Augustus rief etwas mit lauter, wütender Stimme. Das einzige Wort, das ich verstehen konnte, war *Anna.*

»Was hat er gesagt?«, wollte ich wissen.

»Ach, ich habe nicht richtig zugehört«, sagte Anna und schaute an die Decke.

Ich dachte kurz nach, dann sagte ich: »Du hast vielleicht nicht ganz verstanden, was Augustus gesagt hat. Latein scheint ja eine ziemlich komplizierte Sprache zu sein.«

»Doch«, sagte Anna sofort. »Verstanden habe ich das schon. Er hat gesagt: ›Du musst deine Bestimmung erfüllen, Anna. Mehr aber nicht. Denk daran, es ist das letzte Mal und auf dir lastet eine schwere Verantwortung.‹«

»Wie meint er das denn?«

»Das weiß ich nicht«, sagte Anna. Diesmal schlug sie die Augen nieder.

»Ich glaube, du weißt das sehr gut«, widersprach ich. »Was will er damit sagen? Von was für einer Verantwortung redet er? Und wieso ist es das letzte Mal?«

Anna brach in Tränen aus. Sie weinte lautlos und die Tränen kullerten ihr über die Wangen. »Frag mich bitte nicht mehr, ich kann darüber nicht reden.«

»Aber Anna«, ich versuchte sie zu trösten.

Anna murmelte etwas. Ich glaube, sie sagte: »Alles nimmt ein Ende«, aber sicher bin ich mir da nicht.

Ich lief zum Fenster und sah zu, wie die beiden Gestalten in ihren weißen Gewändern die Straße entlanggingen. Es tat mir Leid, dass ich Anna so bedrängt hatte. Aber wenn sie mir gesagt hätte, was hier eigentlich Sache war, hätte ich ihr ja vielleicht helfen können.

»Du kannst mir nicht helfen«, sagte Anna und schniefte. Wieder fragte ich mich, ob sie Gedanken lesen konnte. Ich wusste nicht, was ich sagen sollte, deshalb kehrte ich Anna weiter den Rücken zu und schaute aus dem Fenster. Nach einer Weile fragte ich ein wenig besorgt: »Wie kommen die jetzt zu sich nach Hause? Wo ist das eigentlich?«

»Tja, wer weiß«, meinte Anna und schniefte wieder.

»Du doch sicher«, hätte ich fast gesagt. Aber ich hielt die Klappe.

»Auch die Wörter *Auto* und *Lokomotive* kommen aus dem Lateinischen, das Wort *elektrisch* dagegen ist ursprünglich griechisch, aber das wird ihnen die Reise wohl auch nicht erleichtern«, sagte Anna und schüttelte den Kopf.

Auch ich musste ein wenig den Kopf schütteln. Konnte Anna denn wirklich nur über Sprache sprechen?

Es war schon spät an diesem Abend. Anna hatte Helle gefüttert, gebadet und ins Bett gebracht. Jetzt saßen wir auf der Veranda und aßen Hammeleintopf. Anna schien jetzt wieder ganz ruhig zu sein. Es war warm, obwohl die Sonne schon untergegangen war. Von Elena und Augustus hatten wir nichts mehr gehört. Meine Mutter war noch nicht wieder zu Hause, aber sie hatte gesagt, dass es später werden könnte. Anna hatte mir gerade erzählt, dass das Wort *Kartoffel* aus dem Lateinischen komme und ursprünglich einfach nur *Erdknolle* bedeutet habe.

»Und was ist mit Hammel und Kohl?«, fragte ich und schluckte einen Riesenbissen hinunter.

»Hammel ist ein richtig altes indogermanisches Wort, Kohl dagegen kommt ebenfalls aus dem Lateinischen. Und auch das Wort Pfeffer hat Gunnleikr schon gekannt, er nennt es *piparr*«, sagte Anna und spuckte ein Pfefferkorn aus. »Aber es ist ein Lehnwort. Wir haben es aus dem Lateinischen, ursprünglich kommt es jedoch aus Indien. Zusammen mit neuen Waren kommen auch neue Wörter. Pfeffer war auch einmal eine neue Ware. In den letzten Jahren haben wir viele neue Wörter dazugewonnen, die mit dem Essen zusammenhängen: Chili con carne, Kebab, Croque Monsieur. Vor einigen Jahren kannten wir weder diese Wörter noch die Gerichte.«

»Und Pizza und Spaghetti und Lasagne«, sagte ich.

»Mmm«, Anna zwinkerte mir zu. »Du isst wohl gerne italienisch. Wo sitzen wir jetzt übrigens?«

»Wo wir jetzt sitzen?«, fragte ich verwirrt.

»Wir sitzen auf der Veranda«, sagte Anna. »Veranda ist ein Wort aus dem Englischen, es stammt ursprünglich aus Indien. Wir könnten auch sagen, dass wir auf dem Balkon sitzen, das Wort stammt aus dem Französischen, ist aber ursprünglich deutsch und mit dem Wort Balken verwandt. Und was ist mit Terrasse? Könnten wir behaupten, dass wir auf der Terrasse sitzen? Was meinst du, Björn-Oskar?«

»Nein«, sagte ich. »Eine Terrasse zieht sich irgendwie vom Haus zum Garten hin, nicht?«

»Stimmt, so kann man das sagen. Das Wort *Terrasse* kommt über das Französische aus dem Italienischen zu uns und hängt mit dem lateinischen Wort *terra* zusammen, das bedeutet Erde.«

»Nimm ein Wort und lass es wandern, von dem einen Land zum andern«, summte ich vor mich hin. »Prost, Anna! Haben wir's nicht gut?«

Ich hob das Glas mit dem selbst gemachten Himbeersaft.

»Prost«, sagte auch Anna, aber mir fiel auf, dass sie noch nichts von dem Saft getrunken hatte.

»Trinkst du nicht gerne Himbeersaft?«, fragte ich.

»Nein, um ganz ehrlich zu sein, ich finde ihn scheußlich«, sagte Anna. Sie hielt ihr Glas in der Hand. »Hast du dir schon einmal überlegt, dass Wörter im Laufe der Zeit auch ihre Bedeutung verändern können? Wir nennen dieses Teil hier ein Glas, aber es ist aus Plastik gemacht, nicht aus Glas. Und du weißt doch, was Löffel auf Englisch heißt, nicht wahr?«

»Spoon«, antwortete ich.

»Richtig, und es ist dasselbe Wort wie Span, Holzspan, meine ich. Das verrät uns, dass Löffel aus Holz gemacht wurden, als dieses englische Wort entstanden ist. Wörter können ihre ursprüngliche Bedeutung verlieren. Genauso, wenn du sagst, dass etwas ganz schön scheußlich ist. Das ist doch eigentlich ein Widerspruch, denn entweder ist etwas schön oder es ist scheußlich. Aber jetzt bin ich ganz schön müde, du nicht«, sagte Anna und gähnte. »Und Bett ist auch so ein ganz altes indogermanisches Wort.«

Mir war klar, dass Anna mich auf diese Weise ins Bett schicken wollte, und deshalb fragte ich sie, ob sie in letzter Zeit im Kino gewesen wäre. Anna schaute in den Sommerabend hinaus und sagte schnell: »Kino ist eigentlich eine Abkürzung für Kinematograph, es stammt aus ...«

»Danach habe ich nicht gefragt«, fiel ich ihr ins Wort. »Ich wollte nur wissen, ob du in letzter Zeit einen guten Film gesehen hast. Ich habe heute Abend keinen Bock auf noch mehr Sprachgerede«, fügte ich ein wenig sauer hinzu.

Anna blickte mich lange an. »Ich gehe nie ins Lichtspielhaus«, meinte sie schließlich. Und dann sagte sie noch: »Aber du solltest wirklich im Bett liegen, wenn deine Mutter kommt.«

Anna ist ganz schön komisch, dachte ich, als ich dann im Bett lag. Wer ist sie eigentlich? Jetzt kommt sie seit über einem Monat jeden Freitag her, aber wir reden nur über

Sprachkram. Ich wüsste ja gern, was sie sonst so macht, ob sie viele Bekannte hat, abgesehen von Gunnleikr, Otto, Augustus und den anderen ... und Rosamaria.

Ich schlug die Bettdecke beiseite, griff nach meiner Schultasche, zog die Postkarte heraus und las sie noch einmal. Ich lächelte und beschloss in dieser Nacht von Rosamaria zu träumen.

Mit Sprache kann man so viel machen

Der Kies knirschte unter meinen Turnschuhen, als ich mich so leise wie möglich ins Haus zu schleichen versuchte. Eigentlich hatte ich mit meiner Mutter einen festen Zeitpunkt abgemacht, wann ich abends immer zu Hause sein musste. Aber an diesem Abend hatte ich mit Tom und Anniken und Karin Fußball gespielt und die Zeit vergessen, und jetzt war es fast schon Mitternacht. Ich hoffte sehr, dass meine Mutter bereits schlief. Ich zog den Schlüssel aus der Tasche, steckte ihn so vorsichtig ich konnte ins Schlüsselloch, öffnete die Tür, und – da stand sie schon. Meine Mutter. Stocksauer und im Bademantel.

»Weißt du, wie spät es ist? Warum kommst du erst jetzt?«

»Ja, es ist fünf vor zwölf«, sagte ich.

»Sei nicht so frech! Ab ins Bett. Wo hast du dich überhaupt herumgetrieben?«

Dazu sagte ich nichts.

»Jetzt antworte schon, Mensch!«

»Wenn du mich nach der Uhrzeit fragst und ich antworte, dann bist du böse. Und wenn ich keine Antwort gebe, wirst du auch böse«, murmelte ich und schlich auf mein Zimmer. Aber ich wusste, dass meine Mutter Recht hatte. Sie hatte zwar gefragt, »weißt du, wie spät es ist«, aber das hatte sie gar nicht wissen wollen. Es war eine Frage und eben doch keine.

Am nächsten Tag war Freitag, und als ich Anna von diesem Gespräch erzählte, sagte sie: »Deine Mutter wollte dir sagen, dass du viel später nach Hause gekommen bist als abgemacht. Und das hat sie mit der Frage, ›weißt du, wie spät es ist‹ erreicht – obwohl ihr beide natürlich genau wusstet, wie spät es war. Wenn wir sprechen und wenn wir hören, ist zumeist wichtiger, *was* gesagt wird, und nicht, *wie* wir es sagen.«

Wir saßen am Küchentisch. Helle krabbelte umher und spielte auf dem Boden. Sie probierte gerade aus, ob sie sich einen ganzen Messbecher in den Mund stecken könnte. Als ihr das nicht gelang, drehte sie ihn um und machte noch einen Versuch. Immer wieder. Gustav hatte sich auf einen Stuhl verkrochen. Er fand es schrecklich, dass Helle immer an seinen Ohren und seinem Schwanz ziehen wollte. Anna lächelte Helle an und nahm ein Himbeerbonbon aus ihrer Riesentüte. Diese Himbeerbonbons sahen eigentlich nicht so aus wie die, die man im Laden kaufen konnte. Sie waren viel größer, aber das war noch nicht alles. Sie sahen auch irgendwie altmodisch aus. Anna passte es wohl nicht, dass ich ihre Bonbontüte anstarrte, denn plötzlich sagte sie: »Björn-Oskar, jetzt habe ich eine Aufgabe für dich. Sag mir, was wir mit Sprache machen.«

»Miteinander reden«, antwortete ich wie aus der Pistole geschossen.

»Mm«, sagte Anna. »Wir reichen Nachrichten, Auskünfte und Informationen weiter. Wir tauschen Gedanken aus. Mit einem schönen Wort können wir sagen, wir *kommunizieren* miteinander.«

»Kommunizieren?«, wiederholte ich und fragte mich, warum Anna immer solche schwierigen Wörter benutzte.

»Ja«, sagte Anna. »Das ist ein Fremdwort aus dem Lateinischen und bedeutet wörtlich übersetzt ›gemeinsam tun‹.«

»Ach«, sagte ich und tat so, als hätte ich das genau verstanden. Ich nickte weiter, während Anna drauflosredete, ich meine, während Anna draufloskommunizierte.

»Wer redet oder schreibt, wird Absender oder Absenderin genannt, wer zuhört oder liest, ist Empfängerin oder Empfänger. Und das, was von der Absenderin zum Empfänger geht, wird Botschaft genannt. Wenn wir miteinander reden, so wie jetzt, dann tauschen wir die ganze Zeit die Rollen. Im Moment bin ich die Absenderin, denn ich rede. Und wenn du sprichst, bist du der Absender und ich werde zur Empfängerin. Doch wenn du ein Buch liest, bist du die ganze Zeit der Empfänger, und die Buchautorin ist dann die Absenderin.«

Anna verstummte für einen Moment. Ich hob den Kopf und sie sah mir voll in die Augen, dann sagte sie: »Bücher schreiben, Björn-Oskar, überleg mal! Ein Ereignis zu berichten oder Dinge zu erzählen, von denen du etwas verstehst! Oder vielleicht sogar beides. Stell dir das vor, Björn-Oskar!«

Ich sah sie an, wusste aber nicht, was ich mir da groß überlegen oder vorstellen sollte. Anna schwieg eine Weile, dann sagte sie: »Wir benutzen also die Sprache, um miteinander zu kommunizieren. Was machen wir sonst noch damit?«

Ich schüttelte den Kopf. Anna sagte: »Irse mirse Tintenfirse, kribbelekrabbelekrei.«

»Was soll das nun wieder heißen?«, fragte ich verdutzt und fragte mich, ob Anna jetzt endgültig durchgedreht sein könnte.

»Das soll heißen, dass wir mit der Sprache auch spielen. Und was können wir sonst noch damit machen?«

Als ich eine Weile überlegt hatte, antwortete ich: »Denken.«

»Genau«, sagte Anna. »Gut gedacht. Sprache ist wichtig, um vorwärts und rückwärts zu denken. Um das zu planen, was passieren soll, und um uns an das bereits Geschehene zu erinnern. Können wir noch mehr mit der Sprache machen?«

»Neue Menschen kennen lernen vielleicht«, schlug ich vor.

»Ja, und außerdem erzählen wir mit der Sprache von uns selber. Damit meine ich nicht, dass du das mit Wörtern erzählst. Die Wörter aber erzählen, wer du bist.«

»Das ist ein bisschen zu hoch für mich. Wie meinst du das?«

»Ach, so schwer ist das doch nicht. Ich meine nur, dass deine Redeweise erzählt, woher du kommst, wie alt du bist, ja, einfach, wer du bist. Oder wer du sein möchtest.«

»Wie meinst du das?«

»Sprache schafft Gruppen. Leute, die dieselbe Sprache sprechen, haben das Gefühl zusammenzugehören. Und das Gegenteil ist auch der Fall: Wenn wir verschiedenen Gruppen angehören, ändert sich auch unsere Sprache. Aber darüber haben wir ja schon gesprochen.«

Ich nickte, ich dachte an den hohen Zaun, der mitten durchs Land gebaut wird. Anna sagte: »Du kannst sogar beschließen auf eine bestimmte Weise zu sprechen, um dir und anderen mitzuteilen, wohin du gehörst.«

»Was meinst du mit ›dieselbe Sprache‹, meinst du damit, dass wir beide Norwegisch sprechen? Und dass wir nach Norwegen gehören?«

»Ja, das auch«, antwortete Anna. »Aber wenn ich von derselben Sprache spreche, dann meine ich auch noch etwas anderes. Und bei Gruppen denke ich an kleine und auch an riesengroße Gruppen. Also, hör zu. Zum einen denke ich an Sprache in der Bedeutung von Einzelsprachen, Norwegisch, Türkisch, Litauisch und Französisch zum Beispiel. Menschen, die dieselbe Sprache sprechen, fühlen sich oft als eine Nation, auch wenn sie vielleicht nicht im selben Land leben. Sprache kann auch zu Kriegen führen, wenn Sprachen- und Ländergrenzen nicht zusammenfallen.«

»Ach herrje«, sagte ich.

»Und dann denke ich daran, dass du und deine Kumpels eine Gruppe bildet, die eine andere Sprache spricht als die Erwachsenen. Obwohl alle Norwegisch reden.«

»Ja, wenn meine Oma *Sweater* sagt statt Pullover und meine Mutter die letzte Schulklasse *Oberprima* nennt, dann klingen sie beide uralt. Und wenn du mit all deinen schönen Wörtern kommst, dann hörst du dich viele Jahrhunderte älter an als ich«, sagte ich.

Anna murmelte etwas, das ich nicht richtig verstehen konnte.

»Was hast du gesagt?«, fragte ich.

»Nichts«, sie lächelte. Sie stand auf und nahm Helle auf den Arm.

»Zeit für ein Nickerchen, Helle.«

Ich glaubte schon gehört zu haben, was Anna da gesagt hatte, aber sicher war ich mir nicht. »Vielleicht bin ich das ja auch«, etwas in dieser Art meinte ich verstanden zu haben. Hm. Rätselhaft. Wie konnte ich mehr über Anna in Erfahrung bringen? Meine bisherigen Versuche waren ja so ziemlich fehlgeschlagen. Ich beschloss lieber über das nachzudenken, worüber Anna und ich uns gerade unterhalten hatten. Anna hatte gesagt, Sprachen könnten auch zu Kriegen führen. Deshalb einen Krieg loszutreten kam mir ja ein bisschen übertrieben vor. Aber ich wäre auch sauer, wenn ich meine Sprache nicht sprechen dürfte, wann immer es mir passte. Ich hatte mir das noch nie überlegt, aber jetzt ging mir auf, dass meine Sprache ein wichtiger Teil von mir war.

Anna hatte gesagt, dass wir mit der Sprache auch andere Menschen kennen lernen können, überlegte ich mir dann. Ich und Anna hatten in der letzten Woche sehr viel miteinander gesprochen. Aber ich hatte nicht das Gefühl, sie deshalb besser kennen gelernt zu haben. Und ich merkte, dass ich mich im Kreis drehte, obwohl ich das Thema doch fallen lassen wollte.

Deine Sprechweise verrät viel darüber, wer du bist oder wer du sein möchtest, hatte Anna dann noch gesagt.

Ich wollte zu gerne wissen, wer Anna war.

Was wusste ich eigentlich über sie? Ich wusste, dass sie studierte, aber dass sie an der Uni nicht eingeschrieben war. Auf jeden Fall hatte sie sehr viel Ahnung von Sprache und Sprachwissenschaft. Und sie drückte sich oft arg kompliziert aus und benutzte viele seltsame Wörter.

Ich wusste, dass sie nicht ins Kino ging und dass sie auf geheimnisvolle Weise seltsame Leute ins Haus holte. Mir war auch aufgefallen, dass sie sich vermutlich einige Male versprochen hatte. »Wir« hatte Anna gesagt, genau wie Ivar Aasen. Ivar Aasen und Augustus hatten außerdem etwas davon gesagt, es wäre das letzte Mal.

Ich setzte mich aufrecht hin und runzelte die Stirn, während ich versuchte Ordnung in meine Gedanken zu bringen. Wenn jemand, der seit hundert Jahren tot ist, in der Stadt herumspaziert, dann stimmt etwas nicht. Und eine Linguistikstudentin, die Wikinger aus dem Ärmel schüttelt, ist auch nicht ganz normal. Vielleicht gehören Anna, Gunnleikr, Rosamaria und die anderen irgendeinem geheimnisvollen Volk an? Einem Volk mit übernatürlichen Fähigkeiten? Vielleicht ist das der Fall. Vielleicht ist das die Lösung.

Was wusste ich sonst noch über Anna? Ich wusste, dass sie ziemlich oft verlegen war. Aber das war so ungefähr alles. Nein, ich wusste auch noch, dass sie keinen Himbeersaft mochte, aber ein Himbeerbonbon nach dem anderen aß. Aber das war nun wirklich alles.

Ich habe fast das Gefühl, dass Anna Sprache nur benutzt, um über die Sprache zu sprechen – und nicht über mich oder über sich, dachte ich, dann ging ich zum Briefkasten, vielleicht war ja Post gekommen.

Sprache ist eine trickreiche Erfindung

Draußen regnete es. Es war wieder Freitag und sicher spielten die anderen Fußball. Helle hatte gerade ihren Brei bekommen und ich und Anna schälten Kartoffeln.

»Es ist viel praktischer die Stimme zu benutzen, wenn wir etwas zueinander sagen wollen, als mit den Händen Zeichen zu geben. Dann wäre uns vieles beim Reden unmöglich«, sagte Anna und fügte hinzu: »Kartoffeln schälen zum Beispiel.«

Das wäre wirklich nicht so schlimm, fand ich. »Aber was ist mit der Zeichensprache, wie Gehörlose sie verwenden?«, wollte ich wissen.

Anna ließ ihre Kartoffel sinken und dachte nach. »Ja, stimmt, Björn-Oskar. Aber lass uns erst einmal bei der gesprochenen Sprache bleiben. Dazu gibt es nämlich viel zu sagen, weißt du.«

Ich nickte und machte mich an eine neue Kartoffel.

»Dass wir die Stimme benutzen und nicht die Hände, bedeutet außerdem, dass wir miteinander sprechen können, auch wenn wir uns gar nicht sehen«, sagte Anna. »Ich kann mit dir sprechen, wenn du in einem anderen Zimmer bist oder im Dunkeln. Und am Telefon. Aber weißt du, was das Trickreichste an der Sache überhaupt ist?«

»Nein«, sagte ich. »Keine Ahnung.«

»Das Allertrickreichste an der Sprache ist, dass wir sie

in winzig kleine Teilchen zerlegen können, die gar nichts bedeuten.«

Ich konnte wirklich nicht einsehen, was daran so trickreich sein sollte.

»Doch«, sagte Anna. »Hör einfach zu. Beim Schreiben benutzen wir Buchstaben. Und beim Sprechen können wir die Wörter ebenfalls in kleinere Teile zerpflücken – in Laute. Diese Laute heißen Phoneme. Kannst du einen der Bausteine in diesem Wort wieder erkennen?«

»Phon«, antwortete ich rasch. »Wie in Telefon. Das kommt aus dem Griechischen und bedeutet Laut oder Stimme.«

Ich war total stolz auf mich, und Anna schien es auch so zu gehen. Sie nahm die Brille ab, setzte sie wieder auf und schien irgendetwas sagen zu wollen. Endlich erklärte sie: »Das Wort Bus hat drei Phoneme, B, u und s.«

Kann das wirklich alles sein, fragte ich mich, dann sagte ich: »Die stimmen also mit den Buchstaben überein.«

»In diesem Fall, ja. Bus hat drei Buchstaben und drei Phoneme. Aber das Wort Haus hat vier Buchstaben, nämlich H, a, u und s, aber nur drei Phoneme: H, au und s. Verstehst du?«

»Sicher«, sagte ich und dachte an die Weizenbrötchen mit dem t, das man zwar hörte, aber nicht schrieb. »Aber ich kapier noch immer nicht, was daran so trickreich sein soll.«

»Dann hör zu. Wir haben nur ziemlich wenige Phoneme.«

»Sechsundzwanzig, nehme ich an, so viele, wie es Buchstaben gibt«, sagte ich und fand mich ziemlich gut.

»Nein, jetzt gehst du zu schnell vor, Björn-Oskar«, sagte Anna enttäuscht. »Das stimmt nicht. Ein Phonem, also ein Laut, kann auch aus mehreren Buchstaben bestehen.«

Anna schaute sich um, fand aber nichts anderes zum Schreiben als eine Tube Schmierkäse. Also quetschte sie aus ihr einige Buchstaben heraus und malte seltsame Zeichen auf den Küchentisch. Ich widmete mich weiterhin den Kartoffeln.

»Wir schreiben Schokolade, Shetlandwolle, Stück und Champagner«, sagte Anna und zeigte mir diese Buchstaben ganz links auf dem Küchentisch. »Aber du hörst, dass jedes Wort mit demselben Laut anfängt. Das Phonem sieht so aus«, sagte Anna und zeigte auf das erste ihrer seltsamen Käsezeichen.

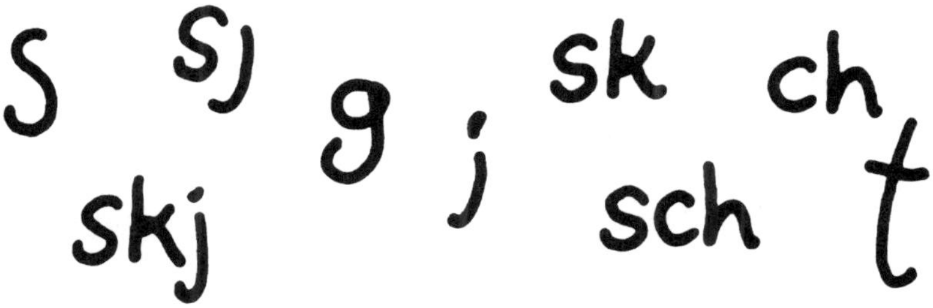

»Viele sagen auch Schina und Schemie«, sagte ich.

»Ja, das stimmt. Das ist auch ein Beweis dafür, dass die Sprache sich entwickelt. Weißt du, Björn-Oskar, in hundert Jahren sagt vielleicht das ganze Land Fich und Tich.«

»Meinst du wirklich?«

»Tja«, sagte Anna. »Schwer zu sagen, aber möglich ist es schon. Weißt du noch, wie wir darüber gesprochen haben, dass in immer weniger Gegenden das R gerollt wird?«

Ich nickte.

»Und solche Entwicklungen gibt es immer wieder, ohne dass wir dafür einen Grund sehen.«

»Mm«, sagte ich. Dann zeigte ich auf das lang gestreckte t rechts auf dem Küchentisch. »Und was ist das da?«

»Das ist auch ein Phonem. Wenn du ganz schnell *dort* sagst, dann sprichst du r und t aus wie einen Laut. Du knallst dabei mit der Zunge gegen den Gaumen. Für dieses Schnalzen haben wir keinen Buchstaben, aber wir haben ein Phonem.«

»Nicht alle sprechen das so aus«, sagte ich, ich dachte an Tante Svanhild, die immer »dorrrrt« sagte.

»Stimmt«, meinte Anna. »Kommt drauf an, wo du herkommst.« Anna drückte noch einmal auf die Käsetube, aber der war nicht einmal das kleinste weitere Phonem zu entlocken. »Na ja, aber jetzt verstehst du sicher, dass das Verhältnis zwischen Buchstaben und Phonemen nicht 1:1 aufgeht. Nicht jeder Buchstabe hat sein eigenes Phonemzeichen und umgekehrt. Und weißt du noch, warum Buchstaben und Phoneme nicht immer miteinander übereinstimmen?«

»Sicher«, sagte ich. »Weizenbrötchen.«

»Wie?«

»Die Schreibweise zeigt, wie ein Wort früher ausgesprochen worden ist.«

»Ja, stimmt«, Anna lächelte. »Aber wo war ich gerade? Ach ja, warum das alles trickreich ist: Wir haben also ziemlich wenige Phoneme, aber endlos viele Wörter. Wenn die Phoneme alleine stehen, bedeuten sie nichts. Der Laut u bedeutet gar nichts, wenn wir den Laut u aber mit dem Laut d zusammensetzen, dann erhalten wir ein Wort, das etwas bedeutet – du. Es ist fast wie ein Puzzlespiel: Ein Stück daraus bedeutet nichts, es ergibt keinen Sinn, wenn es alleine mitten auf dem Tisch liegt. Aber wenn wir alle Teile zu einem großen Puzzlespiel zusammenfügen, dann sehen wir, was es darstellen soll. Wenn die Teile zusammenliegen, dann ergeben sie einen Sinn.«

Gustav Mahler war inzwischen auf den Küchentisch gesprungen. Sein Schwanz ragte auf und er schnurrte und leckte an den Schmierkäsebuchstaben und Schmierkäsephonemen, ohne sich um deren Bedeutung zu kümmern.

Anna erzählte weiter, sie achtete offenbar gar nicht auf Gustav.

»Wenn wir nun für jedes Wort eine Handbewegung machen müssten, stell dir das mal vor. Dann hätten wir die Sprache sehr rasch aufgebraucht. Es gibt ja doch trotz allem Grenzen dafür, wie viele Handbewegungen wir machen können. Aber da die Sprache aus kleinen Teilen aufgebaut ist, aus Phonemen, können wir sie niemals aufbrauchen.«

»Das ist also genau wie bei den verschiedenen Alphabetarten.«

»Wie meinst du das?«

»Dass eine Handbewegung für jedes Wort zu einer Art Bildalphabet wird. Ein Bild für jedes Wort, nicht wahr? Während diese Phoneme, die nichts bedeuten, ein Alphabet wie unseres bestimmen. In dem jeder Buchstabe einem Laut entspricht, oder?«

»Das war klug gedacht, Björn-Oskar.«

Anna schwieg einige Sekunden. »Das war sehr klug gedacht.« Dann schaute sie ihren Kartoffelschäler an. Sie legte ihn auf den Tisch und murmelte vor sich hin, dabei liefen ihre Ohren rot an. Plötzlich hatte sie ein seltsames Gerät in der Hand. Es sah an einem Ende aus wie ein großer Kartoffelschäler, am anderen Ende saßen viele bunte Federn, und an der Seite saß eine Art Tülle. In der Mitte des Apparates war ein großer, knallroter Propeller angebracht.

»Das ist ein Apparat, der Kartoffeln schälen, Staub wischen und Blumen gießen kann. Da es eine ganz neue Erfindung ist, hat sie noch keinen Namen. Ich muss mir also einen ausdenken. Ich kann entweder aus bereits bestehenden Wörtern ein neues zusammensetzen, wie Kartoffelschälstaubwischkanne, oder ich kann ein ganz neues erfinden, zum Beispiel ...«

Anna kratzte sich mit ihrer Kartoffelschälstaubwischkanne am Kopf und dachte kurz nach: »Zum Beispiel: Schmöll. Wir können die Sprache niemals aufbrauchen, es kann immer neue Wörter geben. Und eine Sprache braucht immer wieder neue Wörter, denk nur an die, die seit der Wikingerzeit dazugekommen sind, die wir selber erfinden mussten.«

»Oder ausleihen«, sagte ich.

»Genau«, sagte Anna.

»Wie viele Kartoffeln wollen wir schälen?«, fragte ich. Aber noch ehe Anna antworten konnte, fiel mir noch eine Frage ein: »Wie viele Wörter hat eine Sprache eigentlich?«

»Diese Frage lässt sich fast nicht beantworten«, sagte Anna.

»Warum denn nicht?«

»Erstens kommt es darauf an, was du unter einem Wort verstehst.«

»Ich meine ... na ja, ganz einfach ein Wort. Kann das denn so schwierig sein?«

»Sag mal ein Wort.«

Ich schaute zum Küchenfenster hinüber, an dem die Regentropfen ihre Bahnen zogen, und sagte: »Regnen.«

»Alles klar. Regnen ist ein Wort. Gestern hat es geregnet, sagen wir. Ist geregnet ein anderes Wort als regnen oder ist es dasselbe?«

»Tja, das ist wohl dasselbe«, sagte ich nach einigem Überlegen.

»Na gut. Was ist mit ›sich regen bringt Segen‹? Ist dieses *regen* dasselbe Wort wie der Regen draußen, oder ist es ein anderes?«

»Regen und regen«, wiederholte ich. »Tja, ich glaube, das sind zwei Wörter. Aber, Anna, ist es nicht seltsam, dass manche Wörter gleich klingen und etwas anderes bedeuten? Regen und regen, Ball und Ball, Weg und weg, Rad und Rat klingen gleich und haben doch ganz unterschiedliche Bedeutungen.«

»Sicher«, sagte Anna. »Und andere Wörter bedeuten dasselbe und hören sich doch ganz unterschiedlich an, Katze und Mieze zum Beispiel, oder Knabe und Junge.«

»Synonyme«, sagte ich, denn die hatten wir in der Schule schon durchgenommen.

»Genau«, sagte Anna, dann fragte sie: »Ist neunundzwanzig ein Wort?«

»Ja, natürlich«, antwortete ich überrascht.

»Und dreihundertachtundsechzigtausendachthundertneunundzwanzig auch?«

»Ich verstehe, worauf du hinauswillst. Wenn wir für jede Zahl ein Wort haben, dann haben wir unendlich viele Wörter, denn wir können bis in alle Ewigkeit zählen.«

»Genau«, sagte Anna. »Und was ist mit Schmöll und Kartoffelschälstaubwischkanne, sollen wir die mitzählen? Nicht nur wir denken uns neue Wörter aus. Die ganze Zeit, jeden Tag gibt es haufenweise neue Wortkombinationen und neue Wörter.«

Ich sah ein, dass man die Wörter in einer Sprache nur mit großer Mühe zählen konnte. Anna sagte jetzt: »Und die ganze Zeit formulieren wir Sätze, die wir noch nie vorher ausgesprochen haben, und wir hören Sätze, die wir noch nie zuvor gehört haben, aber verstehen können wir das alles trotzdem. Jetzt sage ich einen Satz, den du garantiert noch nie gehört hast, und den du garantiert trotzdem verstehen wirst. Fertig? Also: Björn-Oskar und Anna saßen mitten auf dem Wohnzimmertisch und aßen frisch verbrannte Waffeln, während sie sich ein Fernsehprogramm über Menschen fressende Spinnen ansahen.«

»Das habe ich sehr gut verstanden, obwohl ich den Satz zum ersten Mal gehört habe«, sagte ich.

Anna fragte eifrig: »Und was ist mit dem: Heute hat

die Wassermelone Geburtstag, und Kuh und Gurke kommen gratulieren?«

»So einen blöden Satz habe ich noch nie gehört«, sagte ich. »Eine Wassermelone hat ja wohl keinen Geburtstag.«

»Mit der Sprache können wir neue Welten erschaffen, weißt du, Björn-Oskar. Denk doch nur an Märchen und Bücher. Da begegnen uns sprechende Tiere und Melonen, die Geburtstag feiern und ...«

»Babysitterinnen, die zaubern können«, fiel ich ihr ins Wort und schaute ihr ins Gesicht, aber sie reagierte nicht weiter, sie sagte: »Ja, das ist ziemlich faszinierend.«

Ich runzelte die Stirn und Anna korrigierte sich: »Es ist witzig, dass ein paar Dutzend Phoneme endlos viele Wörter und Sätze ergeben können. Und dass wir mit diesen Sätzen ganz neue Welten bauen können. Die Sprache ist auf der einen Seite also arg begrenzt und auf der anderen ganz und gar grenzenlos.«

Anna betrachtete die vielen ungeschälten Kartoffeln.

»Aber die Sprache hat eine weitere trickreiche Seite, über die wir noch nicht gesprochen haben. Und die hat mit Kühen zu tun«, sagte Anna geheimnisvoll. »Wir machen mit Helle einen Spaziergang«, schlug sie vor. »Der Schmöll kann die restlichen Kartoffeln schälen, im Wohnzimmer Blumen gießen und in deinem Zimmer Staub wischen. Das hat es wirklich nötig.«

Sie zog den Propeller auf. Der Schmöll brummte leise vor sich hin und fing sofort mit dem Kartoffelschälen an, so dass die schmutzigen Kartoffelschalen nur so an der Wand klebten. Aus seinem einen Ende stieg Rauch auf und es roch in der ganzen Küche wie angebrannt. Gustav rettete sich ins Wohnzimmer.

»Funktioniert ja perfekt«, sagte Anna zufrieden. »Also, los geht's.«

»Es regnet«, sagte ich, ich interessierte mich nun wirklich nicht für irgendwelche Kühe, und deshalb fügte ich noch hinzu: »Ich bin gleich wieder da.«

Dann lief ich kurz hinauf zu meinem Zimmer und schloss die Tür ab. Annas Schmöll war mir ein bisschen unheimlich.

Ein wenig später schoben Anna und ich Helle im Kinderwagen vor uns her und redeten über Kühe. Eigentlich war dieser Spaziergang im Regenwetter richtig gemütlich. Anna hatte mir gerade erzählt, dass so eine Kuh aus purem Zufall Kuh heiße. Sie könnte auch »Uk« oder »Skruff« heißen, behauptete Anna.

Ich verstand nicht so ganz, wie sie das meinte. »Ich kann doch nicht plötzlich alle Kühe Skruff nennen. Dann würde mich kein Mensch mehr verstehen«, protestierte ich. »Die Skruff gibt uns Milch, das geht doch nicht.«

»Nein, stimmt«, sagte Anna. »Was ich meine, ist, dass der Klang eines Wortes nichts mit seiner Bedeutung zu tun hat. Die Laute k und u stehen in keiner logischen, also notwendigen Verbindung zum Tier Kuh.«

»Das nicht«, sagte ich, wusste zugleich aber immer noch nicht so recht, was sie meinte.

»Dass Kuh in anderen Sprachen anders heißt, ist eigentlich schon ein Beweis. Auf Französisch heißt sie *vache,* auf Spanisch *vaca,* auf Türkisch *inek* und auf Irisch *bó.«*

»Aber auf Englisch heißt sie *cow*, und das hat, finde ich, große Ähnlichkeit mit der Kuh.«

»Stimmt. Auf Norwegisch heißt sie *ku*. Das liegt daran, dass Deutsch, Englisch und Norwegisch eng miteinander verwandt sind. Aber es besteht keine logische Verbindung zwischen den Klängen und ihrer Bedeutung, in keiner Sprache. Vache, vaca und bó waren ursprünglich übrigens auch dasselbe Wort.«

Ich runzelte die Stirn und versuchte, das zu begreifen.

»Bist du noch immer nicht überzeugt?«, fragte Anna und latschte mitten durch eine Pfütze. »Dann versuchen wir die ganze Sache auf den Kopf zu stellen. Die beiden Buchstaben *or* bedeuten auf Norwegisch eine Baumsorte, auf Englisch dagegen *oder* und auf Französisch *Gold*. Verstehst du, wie zufällig das ist? Was sagt übrigens die Kuh?«

»Die sagt muuuuuh!«, antwortete ich und Helle fuchtelte beglückt mit den Händen. »Hat das etwas mit der Sache zu tun?«

»Ja, es ist nämlich kein Zufall, dass die Kuh muh sagt. Lautmalende Wörter sind niemals zufällig entstanden. Das Wort Krähe haben wir uns ausgesucht, weil es so ähnlich klingt wie der Krähenruf. Der Wind saust, sagen wir. Sausen ist auch ein lautmalendes Wort. Aber Wörter müssen sich nicht nach ihrer Bedeutung anhören. Die meisten tun das eben nicht.«

Jetzt näherten wir uns unserem Gartentor und ich fasste ganz schnell zusammen: »Dass wir eine Kuh *Kuh* nennen, ist also ein Zufall, aber es ist keiner, dass wir behaupten, die Kuh sage *muh*.«

»Genau. Lautmalende Wörter sind kein Zufall, andere sind das wohl. Wörter müssen nicht aussehen wie das, was sie bedeuten.«

»Wie gut«, sagte ich. »Denn dann wäre es schwer, für viele Begriffe das passende Wort zu finden. Liebe und Freundschaft zum Beispiel«, sagte ich und lugte zu Anna hinüber, die neben mir ging. »Anna, hast du …«

»Ganz zu schweigen von solchen kleinen Wörtern wie *ab* und *auf*, die an sich eigentlich gar nicht viel bedeuten«, sagte Anna rasch. Wir gingen ins Haus.

»Ich gehe mit Helle nach oben und verpasse ihr eine neue Windel«, Anna lächelte, »falls du das nicht übernehmen willst.«

»Nein, danke«, sagte ich. Anna verschwand nach oben, ich ging ins Wohnzimmer. Auf dem Tisch stand die Tüte mit den Himbeerbonbons. Plötzlich wurde mir klar, dass diese Tüte einen Teil der Lösung ausmachen musste. Natürlich! Es musste an den Bonbons liegen, dass Anna so seltsame Menschen auftauchen und wieder verschwinden lassen konnte und dass sie selber auch so merkwürdig war. Ich schaute mich um. Ich hörte Anna oben mit Helle plappern. Und ich hörte, wie sie zu ihr »schlaf schön« sagte und dann die Treppe herunterkam. Rasch streckte ich die Hand aus und stopfte mir ein Bonbon in den Mund. Ich lutschte und lutschte und saugte. Es schmeckte … nach Himbeeren. Ich wartete. Nichts passierte.

Ist Sprache ein gemusterter Schleier?

Tom und die anderen wollten nach der Schule Fußball spielen. Ich sagte, ich würde später nachkommen.

»Ich muss nur kurz noch nach Hause«, verabschiedete ich mich. »Bis nachher.«

Als ich gerade loswollte, sagte Tom: »Jungs, wisst ihr eigentlich, was Björn-Oskar freitagabends jetzt immer so treibt?«

»Lass den Quatsch, Tom«, sagte Lasse. Doch Terje sagte: »Nein, was denn?«

»Er ist mit einer Frau zusammen, die auf seine Schwester aufpasst. Ich weiß auch nicht, was sie dann anstellen. Sie stricken vielleicht oder spielen mit Puppen. Die Frau sieht ziemlich bescheuert aus.«

Alles lachte.

»Woher weißt du das, Tom?«, wollte Terje wissen.

»Ich habe sie in der Straßenbahn gesehen und mit ihr telefoniert. Sie kam mir ziemlich weggetreten vor, wenn du mich fragst.«

»Wir stricken nicht und spielen auch nicht mit irgendwelchen Puppen. Wir betreiben linguistische Studien«, sagte ich und ging.

Tom rief: »Bist du in diese Babysitterin verknallt, oder was?«

Alles lachte noch lauter. Lasse kam hinter mir her. Nach einer Weile fragte er:

»Was sind denn linguastische Studien, Björn-Oskar?«

»Linguistische«, korrigierte ich. »Linguistik ist ein anderes Wort für Sprachwissenschaft. Man studiert allerlei Sprachen, Italienisch und Finnisch und so. Und Lehnwörter und Fremdwörter. Und Altnordisch. Wir können sehen, wie daraus die Sprache entstanden ist, die wir heute sprechen«, sagte ich und hätte eigentlich gerne noch mehr erzählt.

»Ach was«, sagte Lasse enttäuscht. »Na, bis dann.«

Im Briefkasten lagen zwei Rechnungen für meine Mutter und eine Karte für mich. Die Karte zeigte einige Frauen und Männer, die unter einem Sonnenschirm saßen und Kaffee tranken. In der rechten Ecke war die Aufschrift ROMA eingeprägt. Ich drehte die Karte um. Dort stand genau dasselbe wie auf der letzten. Ich war ein bisschen enttäuscht, freute mich aber trotzdem über diese Post. Wie beim letzten Mal stand keine Adresse drauf, sondern nur mein Name. Wieder war sie mit einer italienischen Briefmarke versehen und auch diesmal war der Poststempel unleserlich, ich konnte also das Datum nicht entziffern. Ich wollte die Karte schon in die Tasche stecken, doch dann sah ich, dass ganz unten rechts in winzigen roten Buchstaben noch etwas stand. Ich hielt mir die Karte dicht vor die Augen und konnte diese Winzbuchstaben gerade noch erkennen. Dort stand: »Wir sind nichts ohne euch. Aber ihr seid nicht viel ohne uns.« Ich schüttelte den Kopf, was in aller Welt sollte das bedeuten? Aber ich fand es ja doch ziemlich toll. Ich kam mir fast vor wie Sofie, die Hauptperson in einem dicken Buch, das ich gerade las. Auch Sofie bekam die ganze Zeit geheimnisvolle Postkarten, aber in Büchern ist ja alles möglich.

Ich steckte die Karte in die Jackentasche, nahm die Rechnungen in die Hand und schloss die Tür auf.

Anna, Helle und Gustav waren im Wohnzimmer. Anna las. Vor ihr auf dem Tisch lag die riesige Bonbontüte. Sie war nun fast leer, wie ich sah. Ich sagte hallo. Anna schaute auf, lächelte mich an, las dann aber weiter. Ich spielte ein wenig mit Helle und krabbelte Gustav den Bauch. Dann lief ich ein wenig ratlos im Zimmer hin und her. Vielleicht sollte ich doch gleich zum Fußball gehen? Aber nein, dazu hatte ich keine Lust. Nicht nach den Sprüchen, die Tom und die anderen gebracht hatten.

Schließlich legte Anna ihr Buch hin und sagte: »Das hier ist ein unheimlich interessantes Buch, Björn-Oskar. Weißt du was? Es gibt Leute, die meinen, dass unsere Sprache auch unser Denken beeinflusst, ja, unser ganzes Denkvermögen. Wenn wir Norwegisch sprechen, sind wir dazu gezwungen, anders zu denken als Leute, die Arabisch sprechen.«

»Das verstehe ich nicht, Anna«, sagte ich und setzte mich neben sie aufs Sofa.

»Sie vergleichen Sprache mit einem Schleier mit allerlei Mustern. Dieser Schleier hängt vor unseren Augen, und wir müssen die Welt durch ihn sehen. Wir können ihn nicht abnehmen. Und deshalb wird alles, was wir sehen, von diesem Schleier beeinflusst.«

Anna nahm ihr rot geblümtes Halstuch ab und legte es über meinen Kopf. Ich schaute mich um. Das Wohnzimmer sah jetzt ganz anders aus. Das weiße Sofa war hellrot, die Tapete schien ein Blumenmuster zu haben.

»Hier kommt ein Beispiel, dann verstehst du es vielleicht besser. Wir sagen, das Haus, der Mann und die Frau. Das heißt, dass wir drei grammatikalische Geschlechter haben.«

»Sicher«, sagte ich und zog mir Annas Tuch vom Kopf. »Neutrum, Maskulinum und Femininum.« Fast kam ich mir vor wie beim Norwegischunterricht in der Schule.

»Genau. Und Ausländer können kaum erraten, welches Wort Neutrum, welches Maskulinum und welches Femininum ist, oder?«

»Ja, das ist sicherlich sehr schwer«, stimmte ich zu.

»Es gibt keinen Grund, also, keinen logischen Grund, weshalb es *das* Haus, *die* Hütte und *der* Bau heißen sollte, oder?«

»Nein, ich wüsste jedenfalls keinen«, sagte ich.

»Aber es gibt Sprachen mit einem ganz anderen System. In einigen Sprachen hängt die Wortform von der Bedeutung der Wörter ab. Also, Wörter, die längliche Gegenstände bezeichnen, entsprechen dem einen von unseren grammatikalischen Geschlechtern, Wörter für runde Gegenstände dem anderen, und Wörter für viereckige Dinge dem dritten. Verstehst du?«

»Hm«, sagte ich.

»Und die Leute, die Sprache für einen Schleier halten, durch den wir die Welt sehen müssen, glauben, dass diese Sprache ihre Sprecher mehr auf die Form der Gegenstände achten lässt. Mehr als wir, die wir in grammatikalischen Geschlechtern denken, verstehst du?«

»Ja, sie denken an runde, viereckige und längliche Gegenstände, weil die Form das Aussehen der Wörter bestimmt. Sie achten eher auf die Form.«

»Genau. Wenn Kinder bei uns ihr Spielzeug sortieren sollen, dann gehen sie meistens nach der Farbe. Sie machen einen Haufen aus blauem Spielzeug, einen aus grünem und einen aus rotem. Aber was glaubst du, was passiert, wenn Kinder mit einer von diesen anderen Sprachen dasselbe Spielzeug sortieren?«

»Du meinst so eine Sprache, die sich an der Form der Gegenstände orientiert?«, fragte ich. Anna nickte. »Die machen vielleicht einen Haufen aus viereckigem Spielzeug, einen aus rundem und einen aus länglichem.«

»Richtig«, sagte Anna. »In der Richtung hat es Experimente gegeben und die meisten haben genau dieses Ergebnis erbracht.«

»Aber nicht alle?«

»Nein, nicht alle. Ganz überzeugt können wir also nicht sein. Im Chinesischen gibt es keinen Unterschied zwischen Maskulinum und Femininum, dasselbe Wort bedeutet *er* und *sie*. Wenn die Sprache unser Denken lenkt, dann müssten Leute, die Chinesisch sprechen, doch weniger Unterschiede zwischen Jungen und Mädchen oder Männern und Frauen machen als wir.«

»Und machen sie das?«, fragte ich.

»Nein, in China werden die Geschlechter sehr viel unterschiedlicher behandelt als in Norwegen«, sagte Anna.

Ich dachte eine Weile darüber nach. Dann sagte ich: »In Norwegen ist die Gleichberechtigung zwischen

Frauen und Männern in den letzten zwanzig Jahren ziemlich weit gekommen, nicht wahr?«

»Ja«, sagte Anna. »Im Grunde schon.«

»Aber die Sprache hat sich doch trotzdem nicht verändert, oder?«, fragte ich, obwohl ich die Antwort eigentlich kannte.

»Ich weiß, woran du denkst. Nein, so sehr hat sie sich nicht verändert. Obwohl nicht mehr so große Unterschiede zwischen Frauen und Männern gemacht werden, haben wir noch immer maskuline und feminine Wörter. Aber es hat auch Veränderungen gegeben. Früher wurden oft nur maskuline Formen benutzt, auch für Frauen, jetzt benutzen wir ganz bewusst beide, wir sagen zum Beispiel nicht mehr Fachmänner, wenn auch Frauen gemeint sind, sondern *Fachleute.*«

»Und manche sagen sogar *mensch* statt *man* – oder *frau,* wenn es in dem entsprechenden Zusammenhang um Frauen geht«, sagte ich.

Anna nickte. Sie nahm ihre Brille ab und putzte sie mit Gustavs Schwanz, dann redete sie weiter. »Natürlich gibt es große Unterschiede zwischen den einzelnen Kulturen und den einzelnen Ländern. Aber ich finde es nicht sehr wahrscheinlich, dass die Sprache unsere Auffassung so sehr beeinflusst.«

Anna hielt kurz inne, steckte sich ein Bonbon in den Mund, dann dachte sie kurz nach und sagte: »Ich glaube eher das Gegenteil. Ich glaube, die Wirklichkeit beeinflusst und verändert die Sprache.«

»Du meinst also, wir reden seltener von Fachmännern, weil immer mehr Frauen Fachleute sind, Fachfrauen, meine ich. Und dann ist die Sprache auch kein gemusterter Schleier mehr, durch den wir sehen?«

»Nein, vielleicht nicht. Ich glaube eher, die Sprache wird von der Wirklichkeit geprägt, die sie beschreiben soll. Deshalb gibt es im Samischen beispielsweise viele Wörter, die mit Rentieren zu tun haben, während das Arabische ein reiches Kamelvokabular hat. Aber ich glaube, auch das Umgekehrte spielt eine Rolle.«

»Aber dann gibt es doch diesen gemusterten Schleier«, warf ich ein wenig resigniert ein. Ich fand, Anna sollte sich endlich entscheiden.

»Tja, vielleicht ... jedenfalls färbt die Sprache unsere Auffassung von der Wirklichkeit. Schau hier, Björn-Oskar.«

Anna zeichnete einige seltsame Figuren, die eigentlich gar nichts darstellten, wie ich fand.

»Solche Zeichnungen wurden zwei Gruppen von Menschen gezeigt. Nach einer Weile sollten sie die Zeichnungen, die sie gesehen hatten, unter vielen ähnlichen Zeichnungen herausfinden. Der einen Gruppe war erzählt worden, die erste Zeichnung stelle eine Katze dar, die zweite ein Kaninchen und die dritte einen Hammer. Die zweite Gruppe hatte nur die Zeichnungen gesehen, das war alles. Die, die gehört hatten, dass die Zeichnungen eine Katze, ein Kaninchen und einen Hammer zeigten, konnten sie viel leichter finden.«

»Obwohl es genau dieselben Zeichnungen waren?«, fragte ich.

»Ja, sie waren genau gleich. Aber die Wörter wurden zu Haken, an denen die Zeichnungen aufgehängt werden konnten, und deshalb konnten die Leute sie sich leichter merken. Weißt du was, es gibt Leute, die glauben, du kannst einen Gegenstand nicht erfassen, solange du kein Wort dafür hast. Dass wir ohne Sprache nicht denken können, meine ich.«

»Das kann ich mir nicht vorstellen«, sagte ich langsam. »Ich weiß so oft, was ich sagen will, finde aber keine geeigneten Worte dafür. Wenn ich ein bisschen deprimiert bin, dann kann ich nicht so leicht erklären, wie mir zu Mute ist, obwohl ich das genau weiß. Kennst du dieses Gefühl, Anna?«

Anna schaute zu Helle hinüber. Helle kaute an einem Pantoffel meiner Mutter herum. »Wenn Kinder ein wenig größer sind als Helle jetzt, dann fragen sie die ganze Zeit nach irgendwelchen Gegenständen. Sie zeigen auf einen und wollen wissen: Was ist das? Wenn wir nur das wahrnehmen könnten, wofür wir Wörter kennen, dann würden Kinder solche Fragen nicht stellen.«

»Ich verstehe«, sagte ich.

»Da-da-da«, sagte Helle und machte sich über den anderen Pantoffel her.

Am nächsten Morgen erwachte ich recht früh. Ich holte die Zeitung ins Haus, ich war ziemlich gespannt auf die

Sportseite. Vielleicht waren auch noch weitere Postkarten gekommen. Im Briefkasten fand ich allerdings keine. Doch auf dem Boden neben dem Briefkasten lag ein Briefumschlag. Darauf stand: »A. Nomen«. Ich schaute mich um, aber außer mir war so früh noch niemand zu sehen. Sicher hatte Anna den Brief verloren, als sie am Vorabend gegangen war. Ich nahm den Umschlag mit auf mein Zimmer. Darin steckte ein Zettel:

Rakas Anna,
nyt ei ole monta jäljellä. Ole varovainen.
Veera.

Ich verstand nur Anna und Veera. Aber da Veera diesen Brief an Anna geschrieben hatte, war er sicher auf Finnisch. Ich wusste, dass es keinen Sinn haben würde, Anna um eine Übersetzung zu bitten. Was sollte ich tun? Vielleicht hielt ich die Lösung für das ganze Mysterium in der Hand und konnte es nicht lesen. Ich kannte niemanden aus Finnland, außer Veera natürlich. Aber die würde sich vielleicht eine lange Zeit nicht blicken lassen. Wenn sie überhaupt jemals wieder auftauchte.

Die Bücherei! Ich konnte in die Bücherei gehen. Ich konnte mir ein finnisches Wörterbuch suchen und den Brief Wort für Wort übersetzen. Gleich nach dem Frühstück fuhr ich mit der Straßenbahn in die Stadt.

Der Bibliothekar hatte seine Brille abgenommen und bohrte mit einem Bügel in seinem Ohr. Außerdem war er in ein Buch vertieft.

»Die Wörterbücher stehen dahinten«, sagte er, zog

den Bügel aus dem Ohr und zeigte damit auf ein voll gestopftes Riesenregal. Ich fand ein italienisch-norwegisches Wörterbuch und ein norwegisch-italienisches. Ich sah viele englische und auch ein altnordisches. Daneben stand ein lateinisches. Ich zog das Buch hervor, blätterte ein wenig darin herum und musste lächeln, denn plötzlich sah ich Augustus' beleidigtes Gesicht vor mir. Ich sah mehrere Wörter, die ich kannte, und plötzlich fiel mein Blick auf das Wort »Nomen«. Das war doch Annas Nachname! Und bedeutete »Name«, das stand hier. Eigentlich hatte ich das ja schon gewusst. In Gedanken hörte ich Jonas' Stimme: »Ich, du, er, sie, es, wir, ihr, sie«, sagte die Stimme. Hatte Jonas uns nicht immer wieder erzählt, dass Pronomen übersetzt ›statt des Namens‹ bedeutete? Hätte ich das nicht schon längst durchschauen müssen?

Ich zog den Briefumschlag, den ich vor dem Haus gefunden hatte, aus der Tasche. Mir fiel ein, was Anna an dem Tag gesagt hatte, als Elena und Augustus bei uns waren. Die griechische Vorsilbe *a-* bedeute *nicht*, hatte Anna gesagt, als Beispiel hatte sie *atypisch* genannt, was so viel wie ›nicht typisch‹ heißt. Ich schaute mir den Umschlag noch einmal an. *A. Nomen* stand darauf. Annas Name bedeutete dann gewissermaßen ›ohne Namen‹. Ich setzte mich an einen Tisch und stützte den Kopf in die Hände. Ich versuchte nachzudenken. A. Nomen, ohne Namen. »Wir.« »Vergiss nicht, dass du eine schwere Verantwortung trägst.« Das letzte Mal. Himbeerbonbons. »Lieber Freund, vergiss nicht, wir sind viele, wir sind eins.«

Verzweifelt schüttelte ich den Kopf. Ich konnte einfach keinen Zusammenhang erkennen. Ich überlegte weiter. Gunnleikr, Elena, Augustus und die anderen schienen sich vor irgendetwas zu fürchten. Vor etwas, worüber Anna nicht sprechen wollte. Vor dem sie sich aber selber vielleicht auch ein wenig fürchtete. Oder das sie sich herbeiwünschte, im Gegensatz zu den anderen.

Ich gab schließlich auf. Wenn ich weiterkommen wollte, dann musste ich Veeras Brief übersetzen. Ich ging zum Bücherregal und fand ein violettes finnisches Wörterbuch. Dann suchte ich mir ein Wort nach dem anderen heraus und schrieb alles auf.

»Liebe Anna«, so fing der Brief an. Dann wurde es gleich schwierig. »Nyt« bedeutete *jetzt,* das konnte ich feststellen, und »ei« hieß *nicht.* Ich schlug unter o nach und fand »ole«. Unter »ole« stand: »vgl. olla«. Das tat ich, »olla« bedeutete *sein.* Und dann gab es viele Beispiele dafür, wie dieses Verb gebeugt wird. In einigen davon kam auch »ole« vor. Es bedeutete wohl *sind,* nahm ich an. Bei »monta« stand: »vgl. moni«, und das bedeutete *viele.*

»Vielleicht Kasusunterschiede«, sagte ich zu mir und nickte. Ich dachte daran, wie mein Name auf Altnordisch zu Birni und Bjarnar geworden war. Hatte Anna nicht etwas von fünfzehn finnischen Kasus erzählt?

Dann stellte ich fest, dass »jäljellä« *wieder* bedeutete. Ich las, was ich geschrieben hatte: »Jetzt sind nicht mehr viele übrig«. Ich seufzte ein wenig und hoffte, der nächste Satz werde verraten, wovon nicht mehr viele übrig waren.

Das nächste Wort war »ole«, und das kannte ich nun schon. Das letzte Wort fand ich dann problemlos. Es bedeutete *vorsichtig.*

Ich stand auf und stellte das violette Wörterbuch wieder ins Regal. Ich musste mir die ganze Sache noch einmal überlegen.

Als ich aus der Bücherei nach Hause kam, ging ich sofort zu meiner Mutter in die Küche. Sie kochte und las dabei die Zeitung.

»Mama, als du erfahren hast, dass du freitags länger arbeiten müsstest –«, fing ich an.

»Mmm«, sagte meine Mutter, schaute mich über den Zeitungsrand hinweg an und rührte weiter im Kochtopf.

»– und ich nicht jeden Freitag babysitten wollte«, sagte ich dann.

»Mm«, sagte meine Mutter noch einmal.

»Wie hast du damals Anna gefunden?«

»Ich habe Anna gar nicht gefunden«, antwortete meine Mutter. »Das war eigentlich umgekehrt. Anna hat mich angerufen. Sie hatte gehört, dass ich einmal die Woche jemanden für Helle brauchte.«

»Ach«, sagte ich.

»Ja, und dann haben wir abgemacht, dass sie herkommt und wir über die Sache reden, und sie hat mir Empfehlungsschreiben von anderen Eltern gezeigt, für die sie gearbeitet hat. Warum willst du das wissen?«

»Ach, einfach so«, antwortete ich und ging auf mein Zimmer, um mir weiter den Kopf zu zerbrechen. Wer war Anna?

Helle wird zum Forschungsobjekt

»Ach, bist du wach, kleiner Schatz? Ist Helle schon wach? Ist Helle ganz wach und munter? Kommt Helle jetzt zu Mama?«, sagte meine Mutter zu Helle. Helle war gerade aus ihrem Vormittagsschlaf erwacht, lag in ihrem Bett und brabbelte vor sich hin.

»Hallo, Helle, bist du wach, du?«, fragte ich und beugte mich über Helle, die sofort versuchte mich in die Nase zu kneifen.

»Baba-ba-ba!«, machte Helle.

»Was du nicht sagst. Na los. Soll Mama Helle auf den Arm nehmen?«, fragte Mama.

»Ba-ba-da-da!«

»Ja, das musste mal gesagt werden, Herzchen. So, jetzt kommt Mama«, meine Mutter nahm Helle aus dem Bett.

»Du, Mama, warum reden wir mit Babys eigentlich so beknackt ... so seltsam, meine ich? Warum in aller Welt sagst du: Mama hebt Helle jetzt hoch? Und nicht: Ich hebe dich hoch?«, fragte ich und rieb mir die Nase.

»Ach, das habe ich mir noch gar nicht überlegt«, meinte meine Mutter. »Vielleicht kann Helle uns dann besser verstehen.«

»Aber Helle ist doch erst acht Monate alt«, wandte ich ein. »Sie versteht bestimmt so oder so nicht viel.«

»Nein, da hast du wohl Recht«, meinte meine Mutter

zerstreut und fügte hinzu: »Aber ich muss jetzt los, Björn-Oskar. Vergiss nicht, dass heute Freitag ist und dass Anna nachher kommt.«

Meine Mutter zog Helle rasch an. Sie wollte sie zum Einkaufen mitnehmen. Ich hatte erst später Schule, deshalb begleitete ich die beiden ein Stück.

»Jetzt rieche ich aber wirklich Lunte«, rief Tom mir hinterher, als ich gesagt hatte, dass ich auch an diesem Abend nicht zum Fußball kommen würde. »Deine Linguastik kannst du dir sonst wohin stecken. Was macht ihr eigentlich wirklich? Warum bist du jeden Freitag mit dieser Kindertussi zusammen?«

Ich schwieg und Tom seufzte, doch dann sagte er noch: »Wir gehen nach dem Fußball ins Kino. Anniken und Karin kommen auch mit.«

Ich versprach, dass ich anrufen würde. Tom nickte, aber ich sah, dass er im Gehen den Kopf schüttelte.

Etwas später, als ich und Anna Kakao tranken und selbst gebackene Schokokringel aßen, stellte ich Anna dieselbe Frage, die ich am Morgen schon meiner Mutter gestellt hatte: »Warum reden wir mit Babys so seltsam?«

»Tja, erstens darfst du nicht vergessen, dass wir mit jedem Menschen anders sprechen«, antwortete Anna und schluckte einen großen Bissen hinunter. »Du sprichst mit deinem Lehrer anders als mit deinen Kumpels. Und mit einer fremden Dame, die dir auf der Straße begegnet, sprichst du anders als mit deiner Mutter, nicht wahr?«

»Doch«, sagte ich, war aber nicht so ganz sicher, wie sie das meinte.

»Stell dir vor, die superstrenge Oberlehrerin müsste Jonas in der ersten Stunde am Montag vertreten und du hättest verschlafen, dann würdest du vielleicht sagen: Entschuldigen Sie bitte die Verspätung. Aber wenn du zu spät zum Fußballtraining mit Tom und den anderen kommst, dann sagst du eher so was wie: Sorry, ging nicht früher. Verstehst du, was ich meine?«

Das verstand ich. Anna reichte Helle ihren Teddy und sagte: »Und mit kleinen Kindern reden wir eben auch auf eine ganz bestimmte Weise. Hast du dir mal überlegt, inwiefern du mit Helle anders sprichst?«

Ich sah Helle an, die auf dem Fußboden vor sich hin spielte. Ich dachte ein wenig nach, dann sagte ich, dass ich auf jeden Fall bei ihr eine ziemlich hohe Piepsstimme benutzte. Und dass ich ganz besondere Babywörter hätte. Zu Tom und den anderen sage ich nämlich nie »Gackgack« oder »Wauwau«. Und mit Helle spreche ich auch nicht über Fußball oder Politik und auch nicht über Sprache. Zumindest noch nicht. Mit Helle spreche ich vor allem über ihren Ball und ihre Puppe und über Spielzeugautos und erzähle ihr, ob ihr Brei lecker ist und so.

»Genau«, sagte Anna, als ich fertig war. »Und du sprichst mit ihr sicher in kürzeren Sätzen als mit anderen. Viele nehmen auch ihren eigenen Namen und den des Babys, statt ich und du zu sagen, das macht ja deine Mutter auch. Diese kleinen Wörter *ich* und *du* sind eigentlich sehr schwer zu verstehen, weil sich ihre Bedeutung dauernd ändert.«

»Wie meinst du das?«, fragte ich.

»Also, wenn ich spreche, dann bedeutet ich *Anna,* aber wenn du sprichst, dann bedeutet ich *Björn-Oskar.«*

»Ach so«, ich kam mir ein bisschen blöd vor. »Und deshalb sagt meine Mutter: Soll Mama Helle hochheben?«

»Mm«, antwortete Anna und fügte dann hinzu: »Ich kann mir denken, dass du vieles, was du zu Helle sagst, ganz oft wiederholst. Und du stellst eine Menge Fragen, obwohl du weißt, dass Helle sie nicht beantworten kann.«

»Ja«, sagte ich. »Das stimmt. Wenn wir mit den Zwergen solche Babysprache sprechen, verstehen die uns dann besser und lernen schneller selber zu reden?«

»Nein«, sagte Anna. »So ist das nicht. Denn auch wenn fast überall auf der Welt mit kleinen Kindern eine besondere Babysprache gesprochen wird, so gibt es doch auch Länder, wo das nicht passiert. Und diese Kinder lernen genauso schnell und gut sprechen wie alle anderen.«

Ich nickte. Helle sagte: »Ba-ba-bä!«

Anna lachte und sagte: »Du hörst ja, Helle antwortet auf ihre Weise auf das, was wir sagen. Sie kann zwar nicht reden, aber sie macht Geräusche und lächelt oder weint.«

»Da«, erklärte Helle energisch.

Anna lachte wieder und mir fiel auf, dass ihr in einem Mundwinkel Schokokrümel klebten. »Gleich von seiner Geburt an sprechen wir mit einem Baby, als ob es uns verstehen könnte. Und das ist wichtig, damit das Kind sprechen lernt. Wenn Helle mit ihrem Auto spielt, sagst du vielleicht: Ach, du spielst mit deinem Auto? Das ist doch ein schönes Auto! Und wenn Helle größer ist, verbindet sie die Laute Au-t-o mit ihrem roten Spielzeugauto. Irgendwann sagt sie dann selber auch Auto.«

»Dauert es noch lange, bis Helle anfängt richtig zu sprechen, was meinst du?«, fragte ich.

»Das nicht, das geht schneller, als du denkst«, antwortete Anna mit einem seltsamen Lächeln. »Viele glauben übrigens, dass Kinder sprechen lernen, indem sie die Erwachsenen nachahmen, aber das stimmt nicht ganz, weißt du«, fügte sie hinzu und ich starrte die Schokokrümel an, die sich dabei bewegten.

»Wirklich nicht?«, fragte ich.

»Du hast doch sicher gehört, dass Kinder manchmal ganz erstaunliche neue Wörter konstruieren? Neulich habe ich ein Kind gehört, das sagte: Ich habe Osinen gespiesen, das schmak mir.«

»Ja, solche Beispiele kenne ich auch«, sagte ich.

»Aber wenn Kinder die Sprache nur lernten, indem sie uns Erwachsene nachahmen wie ein Papagei, dann würden sie nicht solche Formen benutzen. Erwachsene sagen schließlich nicht ›gespiesen‹ oder ›das schmak mir‹. Kinder sagen so etwas also nicht, weil sie diese Wörter gehört haben. Aber sie haben gehört, dass andere sich so anhören: geschrien, geschrieben, gerieben. Deshalb glauben Kinder, dass die Vergangenheit eben so gebildet wird, und wenden diese Formen dann an.«

»So ist das also?«, fragte ich überrascht.

»Ja, so ist das. Aber Kinder lernen natürlich auch sehr viel von den Erwachsenen. Ein Kind, dessen Eltern Urdu sprechen, spricht selber auch Urdu. Und weil ihr mit

Helle Norwegisch sprecht, wird sie Norwegisch lernen. Wenn es so weit ist«, sagte sie dann und machte ein schlaues Gesicht. »Wir können sagen, dass Kinder, wenn sie sprechen lernen, ihre eigene kleine Grammatik im Kopf haben. Eine Grammatik, die sie dauernd entwickeln und verändern, wenn sie an der Sprache etwas Neues entdecken.«

Ich betrachtete Helles flaumiges Köpfchen und musste lächeln.

»Aber Helle weiß nicht, dass sie so eine Grammatik im Kopf hat, oder?«, fragte ich und wusste sofort, dass das eine ziemlich blöde Frage war.

»Nein, das weiß sie nicht. So wenig wie du weißt, dass du eine Grammatik im Kopf hast, Björn-Oskar«, sagte Anna so eifrig, dass ihr die Schokokrümel auf den Pullover fielen.

»Habe ich das denn?«

»Ja, alle Menschen haben eine Art Grammatik im Kopf, die dafür sorgt, dass wir sprechen, schreiben, verstehen und lesen können. Diese Grammatik besteht aus Regeln, die uns sagen, wie wir Sprache bilden und verstehen. Aber weder Erwachsene noch Kinder denken an diese Grammatik. Es ist ein unbewusstes Wissen.«

Ich nickte und betastete mit einer Hand meinen Kopf. Unbewusstes Wissen, ja, so musste es sein. Anna nahm ein Himbeerbonbon aus ihrer Tüte und sagte dann: »Ein Kind, das gerade sprechen lernt, denkt natürlich nicht, aha, es heißt *Pferde,* deshalb muss es auch *Schweine* heißen.«

»Nein, das ist klar«, sagte ich.

»Aber was ist mit einem Kind, das *schmak* sagt, und das vorher *schmeckte* gesagt hat?«

»Das zuerst richtig spricht und dann falsch?«, fragte ich.

»Ja, erst macht es die Erwachsenen nach. Dann wird es klüger und lernt, dass es zum Beispiel heißt: *erschrecken* und *erschrak*. Und dann macht es in seiner Grammatik eine Regel ...«

»In der Grammatik, die es im Kopf hat«, fiel ich ihr ins Wort.

»Ja, genau. Und diese Regel sagt, dass Verben mit e in der Vergangenheit ein a bekommen. Später merkt es, dass diese Regel doch nicht immer zutrifft, dass *lecken* in der Vergangenheit also nicht *lak* heißt, sondern *leckte.*«

»Und dann sagt es wieder *schmeckte?«*, fragte ich.

»Genau. Und auf diese Weise entwickelt und verändert sich die Grammatik im Kopf die ganze Zeit – bis wir groß genug sind, um richtig sprechen zu können. Weißt du noch, dass auch Gunnleikr die Verben anders gebeugt hat als wir heute?«

Ich nickte, ich hatte Annas Mini-Mini-Mikro-Kriminalgeschichte ja noch nicht vergessen.

»Hast du Gunnleikr in letzter Zeit mal wieder gesehen?«, fragte ich.

Anna runzelte nur die Stirn und sagte: »Wenn sich solche Verbformen im Laufe der Jahrhunderte verändern, dann ist dasselbe passiert wie bei dem Kind, das statt schmeckte schmak gesagt hat. Schwierige und unregelmäßige Formen werden durch einfachere und regelmäßige ersetzt. Aber jetzt wollen wir ein Experiment machen, Björn-Oskar«, sagte Anna und ihre Augen leuchteten schon wieder auf diese ganz besondere Weise. Auch ihre Ohren waren beinahe so rot wie Helles Rennwagen. Anna murmelte vor sich hin.

Plötzlich fing Helle vor meinen Augen an zu wachsen. Sie wurde ein wenig größer und ihr Doppelkinn verschwand. Sie stand auf und ging zum Sofa. Dabei hatte sie vor wenigen Sekunden nur krabbeln können. Sie sagte: »Kuchen. Bitte, bitte!«

Ich war völlig verwirrt und sah mit großen Augen Anna an.

»Ganz ruhig bleiben, Björn-Oskar. Ehe deine Mutter nach Hause kommt, wird Helle wieder acht Monate alt sein, das verspreche ich dir. Aber jetzt ist sie ungefähr anderthalb Jahre alt.«

»Kuchen«, wiederholte Helle und schwenkte zufrieden ihren Schokokringel.

»Ich dachte, wir könnten Helle als Beispiel dafür nehmen, wie Kinder sprechen lernen. Kinder auf der ganzen Welt lernen nämlich ungefähr im selben Alter sprechen und sie lernen ungefähr dasselbe in ungefähr derselben Reihenfolge.«

»Aha«, sagte ich und ließ meine kleine Schwester nicht aus den Augen.

»Wie du weißt, sagen Kinder als Erstes ›da-da-da, ma-ma-ma, pa-pa-pa‹, wenn sie etwas über ein halbes Jahr alt sind. Es ist also kein Zufall, dass Eltern in so vielen Sprachen Mama, Papa, Dada oder so heißen.«

»Wie meinst du das?«

»Das liegt daran, dass erwartungsvolle Eltern sich wünschen, dass ihr Kind sie beim Namen nennt.«

»Aha!«, sagte ich noch einmal. »Das habe ich mir noch nie überlegt.«

»Aber für ein Kind ist ›ma-ma-ma‹ erst einmal nur ein Sprachspiel, eine Art Trockenschwimmen. Der Klang bedeutet ihm nichts. Mit etwa zehn Monaten fängt es dann an, Satzmelodien nachzuahmen, aber nicht die einzelnen Wörter oder Laute. Es hört sich fast so an, als spreche das Kind wirklich, aber es sagt noch keine Wörter. Seine ersten Wörter lernt es, wenn es zwischen einem und anderthalb Jahre alt ist. So ungefähr, da gibt es natürlich Unterschiede zwischen den einzelnen Kindern.«

»Und dann sagen sie zum Beispiel *Kuchen?*«, fragte ich und sah Helle an, die sich den Mund mit Kuchen voll gestopft hatte. Helle zog wieder ein Stück heraus und wollte mich damit füttern.

»Ja, und *Mama* und *Papa* und vielleicht noch *bitte*«, sagte Anna. »Oder *Ball* und *Teddy*. Kinder lernen dann immer mehr Wörter und mit etwa zwei Jahren fangen sie an, diese Wörter zu kleinen Sätzen zusammenzubauen.«

Und wieder fing Helle an zu wachsen. Ihre Haare wuchsen um einige Zentimeter, sie bekam längere Beine und Arme, ihre Finger wurden ebenfalls länger und zugleich dünner. Plötzlich war sie kein Baby mehr, sondern ein kleines Mädchen. Ihre Kleider waren jetzt zu kurz und zu eng für sie.

»Da Kuchen«, sagte Helle und zeigte auf den Kringel, der ihr aus der Hand gefallen war, als sie plötzlich wieder angefangen hatte zu wachsen. »Mam-man. Helle Kuchen.«

»Mit etwa drei Jahren fangen sie an Wörter zu beugen«, erklärte Anna, während Helle noch mehr in die Höhe schoss. Ihr langärmliger Pullover sah nun aus wie ein enges T-Shirt, ihre Hose waren zu ganz knappen Shorts geworden.

»Kucken!«, rief Helle und rannte zum Fenster. »Kucken, viele Autos, viele Boote, viele Häuser!«

Jetzt erkannte ich meine Schwester bald nicht mehr wieder. Aber Anna wollte noch nicht aufhören, sie sagte: »Mit vier Jahren reden die Kinder fast wie Erwachsene in ganzen Sätzen. Aber es ist doch noch längst keine Erwachsenensprache. Kinder benutzen Wörter auf andere Weise als Erwachsene, vieles können sie nicht verstehen. Wenn es in dem Revolutionslied heißt: ›Oder ob wir Neues bauen, ob wir Altes nur verdauen wie das Gras verdaut die Kuh‹ – dann glaubt Helle vielleicht, dass das Gras die Kuh verdaut.«

Helle war jetzt wirklich groß. Ihre Haare waren lang und ein wenig dunkler. Ihre Kleider aber sahen noch seltsamer aus. Sie schien einen Bikini zu tragen, so sehr war sie gewachsen. Aber sie war schließlich auch innerhalb von einer Viertelstunde drei Jahre und vier Monate älter geworden. Helle setzte sich in einen Sessel und blätterte in einem Buch, während sie gleichzeitig Anna und mir zuhörte.

»Typisch für Kindersprache ist, dass Kinder die Welt nur aus ihrem eigenen Blickwinkel sehen können.«

»Was bedeutet das?«, fragte ich und fand, dass Anna sich jetzt wieder ganz schön kompliziert anhörte.

»Das bedeutet, dass sie immer von ihren eigenen Erlebnissen ausgehen und nur mit Mühe die Perspektive wechseln können. Kinder gehen davon aus, dass alle anderen wissen, was sie denken und fühlen. Verstehst du noch immer nicht, was ich meine?«

Ich schüttelte den Kopf. Anna sagte: »Nehmen wir Helle als Beispiel für …«

Wir wurden von Helle unterbrochen, die auf Zehenspitzen stand und versuchte oben ins Bücherregal zu greifen. Sie wurde böse.

»Ich will den, den! Gib her!«

»Was willst du denn haben, Helle?«, fragte ich, ich konnte doch nicht wissen, wen sie mit »den« meinte, oben in unserem Bücherregal lag so viel Kram herum.

»Den!«, heulte Helle.

»Verstehst du jetzt, was ich meine?«, fragte Anna. »Helle ist wütend, weil du ihr nicht gibst, was sie haben will, und sie kann nicht kapieren, dass du nicht wissen kannst, worum es geht.«

»Gib her!«, schrie Helle, stampfte mit den Füßen auf, warf mit Büchern um sich und schrie immer lauter.

Anna sah mich an und ich nickte. Anna murmelte etwas und schwupp, da saß Helle vor dem Regal auf dem Boden.

»Da-da-da«, sagte sie zufrieden und krabbelte auf uns zu. Sie war mollig und rund und hatte ein Doppelkinn, Flaum auf dem Kopf und Kleider, die ihr passten. Aber war ihr Pullover vorhin nicht gelb gewesen? Ich war nicht sicher, jetzt war er jedenfalls rot. Und wieder glaubte ich, diesen leichten seltsamen, ein wenig angebrannten Geruch wahrzunehmen.

»Anna, warum riecht ...«

»Nein, jetzt muss Helle baden und ins Bett«, sagte Anna, nahm Helle auf den Arm und ging nach oben.

Ich blieb noch eine Weile sitzen, um alles zu verdauen und zu durchdenken. Was ich und Anna zusammen erlebten, war wirklich verrückt. Wie schaffte sie das bloß? Wer war diese Anna? Ich schüttelte den Kopf, stand auf und wollte Tom anrufen. Eine knappe Stunde später traf ich mich wirklich vor dem Kino mit Tom und den anderen. Auch Anniken war dabei. Sie saß neben mir und ich fand sie wirklich hübsch, obwohl Rosamaria noch toller war. Vielleicht.

Ein Dings im Gehirn?

Gustav Mahler saß auf dem Kühlschrank. Er schaute aus dem Fenster und beobachtete die Vögel.

»Gustav«, sagte ich leise und er drehte sich zu mir um und miaute. Dann sprang er auf den Boden, miaute noch einmal, stemmte sich gegen die Tür und versuchte mit einer Pfote die Klinke zu erreichen. Ich ließ ihn in den Garten und nach wenigen Sekunden saß er auf dem Apfelbaum und blickte verärgert den davonfliegenden Vögeln hinterher.

»Ich wüsste gern«, sagte ich zu mir, »ob reden für uns genauso natürlich ist wie maunzen für Katzen. Oder ob wir das lernen, so, wie eine Katze lernen kann, Türen zu öffnen.«

Wir hatten ewig lange gebraucht, um Gustav Mahler das Türenöffnen beizubringen, und so richtig kapiert hatte er es noch immer nicht. Aber deswegen konnten wir noch lange nicht miauen oder schnurren. Ich zerbrach mir darüber ausgiebig den Kopf, kam aber zu keiner vernünftigen Antwort. In diesem Moment kam Anna mit Helle auf dem Arm in die Küche. Sie hatten einen Spaziergang gemacht. Ich hatte fast vergessen, dass Anna-Tag war.

»Du möchtest wissen, ob unsere Sprachfähigkeit angeboren oder angelernt ist«, sagte Anna und setzte sich mit Helle auf dem Schoß hin. Ich ließ mich ebenfalls am

Küchentisch nieder. Hatte Anna mein Selbstgespräch belauscht?

»Das möchte ich wissen?«, fragte ich.

»Ja«, sagte Anna nur und nahm sich ein Bonbon. Helle streckte die Hand nach der Tüte aus und quengelte los. Anna stopfte rasch die Tüte mit den roten Drops in ihre Tasche und gab Helle einen Kugelschreiber zum Spielen. Die roten Bonbons! Die rote Farbe erinnerte mich an etwas. Ich dachte noch darüber nach, während Anna bereits erzählte: »Wenn unsere Sprachfähigkeit angeboren ist, lernen wir sprechen, wie Katzen maunzen lernen. Aber wenn die Sprache angelernt ist, dann ist das eher so wie bei Katzen, die das Türenöffnen lernen.«

»Ach«, sagte ich, und dann fiel es mir ein. Die rote Farbe ließ mich an den Geruch von etwas Angebranntem denken. Während ich wiederum darüber noch nachdachte, redete und redete Anna immer weiter.

»Wenn wir die Antwort auf deine Frage finden wollen, müssen wir daran denken, dass wir die Sprache lernen, die um uns herum gesprochen wird. In Norwegen lernen wir Norwegisch, aber ein Baby, das in Norwegen von norwegischen Eltern geboren wird und dann bei bretonischen Adoptiveltern in der Bretagne aufwächst, lernt Bretonisch und versteht kein Norwegisch.«

»Ja, das ist klar«, sagte ich und gab es auf, mir über die rote Farbe und den angebrannten Geruch den Kopf zu zerbrechen. Mir fiel der Mann mit der Baguette unter dem Arm ein. Ich wollte einen Witz machen: »Wenn Nicolas dieses Baby adoptiert, dann lernt es Französisch.«

»Daran sehen wir, dass die Lehrseite wichtig ist«, Anna

ging nicht auf meinen Scherz ein. »Aber Gustav spricht kein Norwegisch, obwohl er schon als Kätzchen nichts anderes gehört hat. Auch das ist selbstverständlich, nicht wahr?«

Ich nickte.

»Daran sehen wir, dass auch das Angeborene wichtig ist. Es geht also nicht nur um einen Lernprozess. Wir Menschen müssen auch die Fähigkeit zum Sprechen haben. Eine Fähigkeit, die Katzen fehlt.«

»Und wie sieht die aus?«

»Manche Leute meinen, dass Kinder mit einer Art Programm im Kopf geboren werden, das ihnen erzählt, was Sprache ist. Und dass dieses Programm dafür sorgt, dass alle Menschen schnell und gut sprechen lernen.«

»Ach«, sagte ich. »Das hört sich kompliziert an. Fast wie eine Art Computerprogramm, oder? Meinen die Leute, die glauben, wir hätten so ein Sprachdings im Kopf, dass reden für uns so natürlich ist wie maunzen für Katzen?«

»Ja, genau, du hast es erfasst. Wir brauchen nur andere sprechen zu hören, schon legen wir auch los, sobald wir so weit sind.«

»Aber der Unterschied ist, dass wir eine Sprache hören müssen, um sprechen zu lernen. Katzen maunzen auf jeden Fall«, sagte ich.

»Ja, das hast du wohl Recht«, meinte Anna.

Ich erzählte ihr, dass Gustav das Maunzen nicht von seiner Mutter gelernt haben konnte, denn die hatte nichts vom Katzenbaby Gustav wissen wollen. Gustav war von meiner Tante Svanhild mit der Nuckelflasche aufgezogen worden.

Anna nickte: »Andere meinen, dass Kinder kein besonderes Sprachprogramm im Kopf haben, sondern dass alle Menschen über ein großartiges Gehirn verfügen, das es ihnen ermöglicht, zu reden und andere komplizierte Aufgaben zu bewältigen, Mathematikaufgaben zu lösen zum Beispiel. Mit anderen Worten, sie meinen, dass wir sprechen lernen, ohne dafür besondere Voraussetzungen zu haben.«

»Die meinen also, dass wir kein Sprachdings im Kopf haben und dass wir Sprachen lernen, wie wir überhaupt alles lernen. Wie Gustav, der Türenöffnen gelernt hat.«

»Zehn Punkte für dich!«

»Auf alle Fälle ist es sehr viel schwieriger, einer Katze das Türenöffnen beizubringen«, sagte ich und dachte an Gustav, der die Sache mit den Türen noch immer nicht ganz kapiert hatte. Ich schaute nach unten und mein Blick fiel auf Helles Kopf. »Aber, Anna, dieses Sprachdings im Kopf, ist das dasselbe wie die Grammatik, die wir im Kopf haben? Über die wir letzten Freitag gesprochen haben, weißt du?«

»Nein«, sagte Anna. »Wir wissen, dass wir eine Grammatik im Kopf haben, aber wie das mit dem Sprachprogramm aussieht, können wir nicht sagen.«

Sie verstummte und schaute aus dem Fenster. Gustav versuchte erfolglos einen kleinen Spatzen zu fangen.

»Wir können dem Körper eines Vogels ansehen, dass er zum Fliegen geschaffen ist, er hat schließlich Flügel.«

»Zum Fliegen geschaffen«, wiederholte ich skeptisch. »Was verstehst du darunter?«

Anna sagte: »Nein, du hast schon Recht, ich hätte

mich auch anders ausdrücken können. Setzen wir ›geschaffen zu‹ in Gänsefüßchen. Bist du dann zufrieden? Glaubst du, etwas an unserem Körper verrät, dass wir sprechen können?«

»Was ist mit unserem Mund?«, meinte ich ein wenig unsicher.

»Ja, wir können mit dem Mund anfangen. Unsere Zähne sind ganz gerade und Oberkiefer und Unterkiefer stoßen aufeinander. Unsere Lippen haben mehr Muskeln als beispielsweise die Lippen von Affen. Wir haben einen ziemlich kleinen Mund, dafür aber eine dicke, muskulöse Zunge. Das alles brauchen wir zum Essen nicht unbedingt, es sieht also so aus, als hätten wir bestimmte Vorrichtungen speziell zum Sprechen.«

Ich fuhr mir mit der Zunge über die Zähne, danach streckte ich die Zunge heraus und versuchte sie anzusehen. Anna lächelte und erklärte: »Und dann ist da auch noch die Art, wie wir atmen. Beim Sprechen atmen wir anders als sonst, aber das tun wir ganz von alleine. Niemand braucht uns beizubringen, wie wir beim Reden zu atmen haben. Aber wenn wir zum Beispiel Blockflöte spielen wollen, dann müssen wir eine besondere Atemtechnik erlernen.«

Anna verstummte und zwinkerte mir zu. Erst in der letzten Woche hatte unser Musiklehrer mich vor die Tür gesetzt, weil ich in der Stunde zu laut geredet hatte. Ich hasse Blockflötespielen. Aber das konnte Anna doch nicht wissen? Sie lächelte und sagte dann: »Beim Reden machen wir sehr viel auf einmal – mehr, als wir sonst schaffen. Beim Reden sagen wir den Anfang des Satzes und planen gleichzeitig, wie dieser Satz weitergehen soll. Wir setzen das, was wir als unklaren Gedanken gedacht haben, in einen Satz um, der den Satzbauregeln folgt. Und das alles geht ungeheuer schnell, wir schaffen an die zweihundert Silben in der Minute.«

Ich wusste noch, dass Jonas uns im Norwegischunterricht etwas von Silben erzählt hatte, aber ich wusste nicht mehr was, deshalb sagte ich: »Entschuldigung, Anna, aber ich glaube, ich habe vergessen, was eine Silbe ist.«

»Ach was«, sagte Anna. »An-na hat zwei Silben, Oskar auch, Björn hat nur eine.«

»Aha, jetzt weiß ich es wieder. Gus-tav hat zwei, Mahler auch, Kar-tof-fel-schäl-staub-wisch-gieß-kan-ne hat«, ich zählte in Gedanken und bewegte dabei rhythmisch meinen Fuß, »neun. Und jedes Wort hat eine Art Rhythmus.«

»Richtig«, sagte Anna. »Und zweihundert Silben pro Minute, das ist ziemlich viel, nicht? Dabei ist es sonst ungeheuer schwer, mehrere Dinge auf einmal zu machen. Versuch mal, dir mit der rechten Hand das linke Ohr zu streicheln und mit der linken Hand deinen Bauch zu reiben, während du die Beine übereinander schlägst und abwechselnd mit jedem Auge zwinkerst.«

Das versuchte ich. Ich stand auf, schlug die Beine übereinander, zwinkerte und rieb und streichelte. Anna legte Helle in den Wagen und versuchte es ebenfalls. Es war ziemlich schwer und wir lachten so sehr, dass wir die Sache aufgeben mussten.

»Aber sprechen können wir normalerweise ohne Probleme«, sagte Anna atemlos. »Obwohl wir dabei mindestens genauso viel gleichzeitig machen müssen. Unser Gehirn schüttelt das alles gewissermaßen aus dem Ärmel. Das kann darauf hinweisen, dass die Sprachfähigkeit angeboren ist.«

»Und weist sonst noch etwas darauf hin, dass wir ›zum Sprechen geschaffen‹ sind?«, fragte ich und malte die Anführungszeichen mit Zeigefinger und Mittelfinger in die Luft.

»Ja«, antwortete Anna. »Die Leute, die an dieses angeborene Sprachprogramm glauben, führen an, dass Kinder in sehr kurzer Zeit sprechen lernen. Und ich denke dabei nicht nur an Helle am vorigen Freitag«, fügte Anna hinzu und zwinkerte. »Aber kleine Kinder lernen ihre Muttersprache doch wirklich schnell, findest du nicht? Vergleich das doch mal damit, wie lange du schon gebraucht hast, um Englisch zu lernen.«

»Aber wenn du daran denkst, wie wenig Englischunterricht ich bekomme, dann ist das kein Wunder. Wir haben in der dritten Klasse angefangen und haben pro Woche nur ein paar Stunden«, verteidigte ich mich, ich fand ja, dass ich eigentlich schon ziemlich gut Englisch konnte.

»Da hast du schon Recht«, gab Anna zu. »Kleine Kinder bekommen gewissermaßen jeden Tag viele Stunden Privatunterricht. Aber etwas anderes, das darauf hindeutet, dass wir mit einem Sprachdings geboren werden, wie du das nennst, ist, dass alle Kinder ungefähr im gleichen Alter sprechen lernen, und alle ungefähr gleich gut. In anderen Bereichen gibt es von Kind zu Kind gewaltige Unterschiede.«

Ich schwieg und dachte daran, wie ungeschickt Lasse im Vergleich zu mir und Tom und den anderen auf dem Fußballplatz ist. Und ich dachte auch an meine Blockflötenkünste. Ich nickte, sah aber vielleicht ein wenig verwirrt aus, denn Anna sagte: »Da das so ein schwieriges Thema ist, wollen wir uns eine kleine Zusammenfassung gönnen. Ich glaube, die kannst du brauchen, Björn-Oskar.«

Wieder nickte ich.

»Und glaubst du nicht, dass wir auch einen kleinen Schokokringel brauchen können?«

Ich nickte zum dritten Mal. Wir nahmen uns Kuchen und Anna legte los: »Es ist sonnenklar, dass wir Menschen etwas besitzen, das uns das Sprechen ermöglicht. Das wissen wir, weil eine Katze nicht sprechen lernt, auch wenn wir mit ihr so viel sprechen und schmusen wie mit einem Baby. Aber wir wissen nicht, ob das an einem besonderen Sprachdings im Gehirn liegt oder ob wir Menschen einfach ein leistungsfähiges Gehirn haben, das viele komplizierte Probleme lösen kann.«

»Was glaubst du denn, Anna? Glaubst du, wir haben so ein Sprachdings im Gehirn?«, fragte ich und nahm mir noch einen Schokokringel.

»Ja, eigentlich glaube ich das schon. Obwohl nichts mit Sicherheit darauf hinweist, dass wir Menschen zum Sprechen geschaffen sind, zeigt doch allerlei, dass wir uns dazu eignen. Sprachorgane und das Gehirn des Menschen sind auf andere Weise zum Sprechen geeignet als Mund und Gehirn der Katze. Oder?«

Ich nickte mit vollem Mund, doch, darauf wies alles hin.

Wir saßen am Küchentisch und quatschten über Spatzen und Katzen und Kinder, bis meine Mutter von der Arbeit kam. Helle war eingeschlafen.

Als Anna gehen wollte, gab sie mir etwas Seltsames. »Schau mal, Björn-Oskar, hier ist ein kleines Geschenk für dich«, sagte sie. In ihrer Hand lag ein in rotes Papier gewickeltes Päckchen. »Mach das mal auf.«

Schon wieder rot, konnte ich noch schnell denken. Dann riss ich das Papier weg, darunter verbarg sich eine Walnuss.

»Knack sie mal«, sagte Anna. Das tat ich, aber davon wurde ich auch nicht klüger.

»Es gibt nämlich eine wichtige Sache, über die wir noch nicht gesprochen haben. Schlag mal im Lexikon unter G nach.«

»Walnuss wird aber nicht mit G geschrieben«, wandte ich ein, wurde aber sofort unsicher.

»Versuch's trotzdem«, riet Anna und ging.

Die Walnuss

Schon am nächsten Vormittag nahm ich mir das Lexikon vor und schlug den Buchstaben G auf. Die Walnuss lag vor mir auf dem Tisch, während ich hin und her blätterte und über den Ganges, die Galapagosinseln, Gandhi, Gartenschädlinge, Gaszentrifugen und Gebetbücher las. Aber von Walnüssen stand da nichts. Ich seufzte kurz und streckte die Hand nach der Nuss aus, mit der anderen Hand blätterte ich gelangweilt weiter. Plötzlich sah ich unten auf der linken Seite das Bild einer großen Walnuss. Ich starrte die geheimnisvolle Zeichnung an, dann blätterte ich um und fand einen langen Artikel über das Gehirn. Unter dem Bild der vermeintlichen Walnuss stand: »Das Gehirn von oben gesehen. Die beiden Gehirnhälften sind durch das *Corpus callosum* verbunden, ein dickes Bündel aus weißen Fasern. Das Gehirn liegt eingeschlossen in der Schädelhöhle und ist das vollkommenste unter unseren Organen.«

Der Artikel begann so: »Das Gehirn sieht mit seinen beiden Hälften und der unebenen Oberfläche aus wie eine Walnuss. Es wiegt etwa anderthalb Kilo. Es ist aus Zellen aufgebaut. Gehirn, Gehirnstamm und Rückenmark bilden das zentrale Nervensystem. Das Nervensystem besteht aus Nervenzellen, die wir Neuronen nennen. Jede Nervenzelle steht mit tausenden von anderen Zellen in Verbindung. Das Gehirn ist aus hundert Milliarden

Zellen aufgebaut, es hat also so viele Zellen, wie es in unserer Galaxis Sterne gibt. Wenn wir diese Zellen zählen wollten und für das Zählen pro Zelle eine Sekunde ansetzten, dann würden wir dreißigtausend Jahre brauchen.«

»Dreißigtausend Jahre!«, wiederholte ich halblaut. »Du meine Güte!«

Dann folgte ein langer schwieriger Abschnitt, dem ich nur entnehmen konnte, dass alles, was sich im Gehirn abspielt, aus elektrischen Impulsen und chemischen Reaktionen besteht.

Ich machte eine Pause und schaute hoch.

Schon komisch. Die Wörter, die ich hier lese, werden also in meinem Gehirn in Nervenimpulse umgewandelt, dachte ich. Und selbst der Gedanke, den ich gerade gedacht habe, ist nur ein Nervenimpuls. Wie auch dieser Gedanke und jener und ...

Ich las weiter, mir war fast ein wenig schwindlig.

»Die beiden Gehirnhälften sind nicht ganz identisch. Bei den allermeisten Menschen (an die 97 %) liegen die mit Sprache befassten Gehirnteile vor allem in der linken Gehirnhälfte. Die linke Gehirnhälfte steuert die rechte Körperhälfte und umgekehrt. Die linke Gehirnhälfte dominiert und kann Impulse und Kommunikationsversuche der rechten unterdrücken. Vereinfachend gesagt, wird die rechte Gehirnhälfte als die künstlerische betrachtet, die linke gilt als die analytische. Beide Hälften stehen ununterbrochen miteinander in Kontakt. Bei so genannten Split-Brain-Patienten ...«

Ich hielt inne und legte den Finger auf das Wort *Split-*

Brain. *Brain* ist englisch und bedeutet Gehirn, und *split* bedeutet sicher dasselbe wie splitten oder spalten. Patienten mit gespaltenem Gehirn also. Was in aller Welt konnte das sein? Ich beugte mich wieder über das Buch.

»... ist jedoch die Nervenverbindung zwischen beiden Gehirnhälften unterbrochen worden. Eine solche Operation wird bisweilen bei Epileptikern vorgenommen, um die Anfälle zu mildern. Split-Brain-Patienten wirken ganz normal. Doch bei genauerer Untersuchung, zum Beispiel durch psychologische Tests, zeigt es sich, dass diese Patienten über zwei getrennte und unabhängige Bewusstseinsströmungen verfügen – eine in Verbindung mit der linken Gehirnhälfte, die andere in Verbindung mit der rechten. Wenn ein Split-Brain-Patient vor einen Bildschirm gesetzt wird, auf dem Sinneseindrücke nur von einem Auge wahrgenommen werden können (vgl. Abbildung) ...«

Ich sah mir das Bild an, auf dem eine Frau hinter einer Art Wandschirm saß, und las dann weiter:

»... stellen wir fest, dass die beiden Gehirnhälften unabhängig voneinander arbeiten. Die Versuchsperson kann Dinge identifizieren, die sie mit dem linken Auge sieht. Wie bereits erwähnt steuert die linke Gehirnhälfte die rechte Körperhälfte und damit auch das rechte Auge, während das Sprachzentrum auf der linken Seite liegt.

Doch das, was das rechte Auge sieht, kann die Versuchsperson nicht identifizieren, obwohl ihre linke Hand das Objekt unter anderen Gegenständen zeigen kann. Die rechte Gehirnhälfte, die kaum Sprache hat, hat den Gegenstand trotzdem erkannt.«

Ich hatte noch nicht alles gelesen, aber jetzt wirbelten mir so viele Wörter durch den Kopf, dass ich eine kleine Pause brauchte: hundert Milliarden, künstlerisch, wissenschaftlich, Split-Brain. Ich starrte vor mich hin und versuchte Ordnung in meine Gedanken zu bringen. In meine Gedanken, die also nur elektrische Ladungen waren. Na gut, zur Not konnte ich hinnehmen, dass ich mich aufgrund von elektrischen Impulsen und chemischen Reaktionen im Gehirn bewegte. Was immer das alles sein mochte. Ich öffnete langsam die Hand und legte die Walnuss, die ich beim Lesen bisher umklammert hatte, auf den Tisch. Diese Bewegungen führte meine Hand durch, weil ich meine Hand bewegen wollte. Aus diesem Grund wurden elektrische Impulse durch meinen Kopf gejagt. Diese Impulse informierten meine Muskeln und schon bewegte sich meine Hand.

Es war seltsam, aber doch bis zu einem gewissen Grad verständlich, fand ich. Ich überlegte weiter. Aber dass ich, Björn-Oskar, dass das Gefühl, das mir sagte, ich bin ich, dass das nur Elektrizität und Chemie sein sollte, das konnte ich nicht verstehen. Wenn *ich* das war, was ich dachte und fühlte, und wenn das nur Impulse in meinem Gehirn waren, wo war *ich* dann eigentlich? Was war mit meinen Träumen, meinem Gewissen, meiner Seele und meiner Phantasie …

Verwirrt schüttelte ich den Kopf und las die allerletzten Worte des Artikels:

»Das Gehirn macht 2 % des Körpergewichts aus, verbraucht aber 20 % des Sauerstoffs und des Blutzuckers, die das Blut mit sich führt.«

»Soso«, sagte ich zu mir. Und zu meinem Gehirn: »Ich glaube, nach dieser Anstrengung brauchst du ein wenig zusätzliche Nahrung.«

Ich steckte die Walnuss in den Mund, kaute und schluckte.

Zunächst fiel mir auf, dass meine Ohren sich glühend heiß anfühlten, dann hörte ich ein Geräusch. Plötzlich stand Anna neben mir, obwohl doch Samstag war. Ich versuchte meine Überraschung zu verbergen, ich hätte ja wissen müssen, dass eine Walnuss von Anna keine gewöhnliche Nuss sein konnte.

»Hallo, Anna«, sagte ich deshalb und versuchte mir nichts anmerken zu lassen. »Hast du gewusst, dass unsere Gehirnhälften so verschieden sind? Die linke ist eine Art Wissenschaftlerin, die rechte eher eine Künstlerin.«

»Ja, das habe ich gehört. Aber ich habe auch gehört, dass nicht mehr alle Gehirnforscher an diese Teilung glauben«, erwiderte Anna. Sie dachte kurz nach, dann sagte sie: »Das Menschengehirn muss noch sehr viel über das Menschengehirn lernen.«

Ich nickte, Anna lächelte und fragte: »Hast du übrigens gewusst, dass die rechte Gehirnhälfte Gesichter erkennt?«

Sie nahm von meinem Schreibtisch ein Stück Papier und einen Bleistift und zeichnete zwei Gesichter.

»Welches Gesicht sieht fröhlicher aus?«

»Das da«, sagte ich und zeigte auf das erste.

»Das finde ich auch. Aber die beiden Gesichter sind identisch, sie sind nur spiegelverkehrt. Die meisten Leute finden das linke Gesicht fröhlicher, da die linke Seite lächelt, auf der Zeichnung, meine ich. Es ist nämlich so, dass unsere rechte Gehirnhälfte von der linken Körperseite gelenkt wird und ...«

»... umgekehrt«, fiel ich ihr ins Wort. »Das weiß ich doch.«

»Das, was wir mit dem linken Auge sehen, wird also an unsere rechte Gehirnhälfte weitergereicht. Und das, was wir mit dem rechten Auge sehen, an die linke. Und da die rechte Seite für Gesichter zuständig ist, dominiert, ich meine, bestimmt der Eindruck des linken Auges. Deshalb finden wir das erste Gesicht fröhlicher«, sagte Anna und ihr Mund wirkte auf beiden Seiten gleichermaßen fröhlich. Aber wieder kamen mir ihre Augen hinter den Brillengläsern ein wenig traurig vor.

Ich und Anna setzten uns auf mein Bett. Gustav sprang sofort auf ihren Schoß. Er schnurrte laut, zog die Krallen ein und aus und kratzte an Annas Oberschenkel herum. Ich lächelte, ich hatte Gustav oft auf dem Schoß und wusste, dass das ein bisschen wehtat. Dennoch macht es Spaß, eine schnurrende Katze auf dem Schoß zu haben.

»Kapierst du, warum Katzen immer kratzen und uns wehtun, wenn sie sich wohl fühlen?«, fragte ich Anna und kraulte Gustav hinter dem Ohr. Gustav schnurrte noch lauter und trampelte weiter auf Anna herum.

»Nein«, sagte Anna. Sie dachte ein wenig nach, dann fügte sie hinzu: »Aber alles Schöne ist ja auch ein bisschen traurig und schmerzhaft.«

Ich runzelte die Stirn: »Wieso denn? Wie meinst du das?«

»Alles Schöne nimmt irgendwann ein Ende. Alles nimmt ein Ende«, antwortete Anna.

»Aber danach kommt wieder etwas Schönes«, widersprach ich. »Später, meine ich.«

Anna nickte nur.

Am nächsten Tag fand ich im Briefkasten eine Karte von Rosamaria. Sie zeigte eine große Kirche, darüber stand ROMA. Gespannt drehte ich die Karte um und dort stand:

Björn-Oskar
Ti amo.
Ciao!!
Rosamaria

Hatte sie mir wirklich nichts anderes mitzuteilen? Ich war ein wenig enttäuscht, bis ich merkte, dass schräg über meinem Namen noch etwas in kleinen Buchstaben geschrieben stand. Die Buchstaben waren rot, natürlich. Ich las laut vor:

Wir sind die Gedanken, die du denkst.
Wir sind die Wörter, die du schreibst.
Wir sind eins und wir sind viele.
Wir sind Bücher, Gedichte und Briefe.
Wer sind wir?

Das klang wie ein Gedicht oder vielleicht wie ein Rätsel. Und den einen Satz kannte ich bereits: Wir sind eins und wir sind viele. Ich wusste nur nicht mehr, wo ich ihn gehört hatte. Ich las das Gedicht noch einmal.

Ein wenig resigniert schüttelte ich den Kopf. Ob ich Anna beim nächsten Mal danach fragen sollte? Nein, sie würde mir sicher keine Antwort geben. Ich legte die Karte zu den beiden anderen unter meine Fußballzeitschriften. Neben den Zeitschriften lag übrigens das Buch über Sofie, die ebenfalls solche seltsamen Karten bekam.

Ich und Anna treffen einen Bananendieb

Es war Freitagabend. Anna hatte Helle gerade ins Bett gebracht und nun saßen wir vor dem Fernseher und warteten auf den Krimi. Zwischen uns stand eine große Schüssel Kartoffelchips. Gustav saß auf dem Bücherregal und putzte sich.

Plötzlich fiel mir etwas ein: »Können eigentlich nur Menschen sprechen, Anna?«

Anna sagte zuerst nichts, denn sie hatte den Mund voller Chips. Sie gestikulierte nur, nickte und schüttelte zugleich den Kopf, während sie heftig kaute.

»Na ja, kommt drauf an, was du unter Sprechen verstehst«, sagte sie dann endlich. »Vielleicht können Bäume sprechen? Im Herbst ändern die Blätter an den Bäumen ihre Farbe, und dann wissen wir, es ist Herbst. In gewisser Hinsicht haben die Bäume uns also erzählt, dass der Sommer zu Ende ist, nicht wahr?«

»Schon, aber sie sprechen doch nicht, Bäume machen ja kein Geräusch«, meinte ich.

»Überleg mal, Björn-Oskar! Sind Geräusche wirklich eine Voraussetzung für das Sprechen? Was ist denn dann mit Zeichensprache?«

Das hatte ich in der Eile vergessen. Aber natürlich sprachen Gehörlose, wenn sie sich in Zeichensprache unterhielten.

»Statt über das Reden zu diskutieren, sollten wir lieber

ein wenig über Kommunikation sprechen. Weißt du noch, was Kommunikation ist?«, fragte Anna.

»Sicher«, antwortete ich und war stolz darauf, eines von Annas vielen feinen Wörtern zu kennen. »Dann übermittelt ein Sender einem Empfänger eine Botschaft.«

»Genau«, Anna lächelte zufrieden. »Und Kommunikation heißt nicht nur reden. Wir Menschen kommunizieren ja auch nicht nur durch das Sprechen, oder? Wir husten, um andere auf uns aufmerksam zu machen, wir fuchteln mit den Händen, um unsere Aussage zu betonen, wir schütteln den Kopf. Außerdem signalisieren wir sehr viel auf eine Weise, die wir vielleicht gar nicht im Griff haben: Wir schwitzen, wenn wir nervös sind, wir werden rot, wenn wir ein wenig ... verlegen sind.«

Prompt lief Anna knallrot an. Ihre Gesichtsfarbe erinnerte mich wieder an Blätter im Herbst.

»Aber, du, Anna, Bäume können doch sicher nicht beschließen, dass sie uns vom kommenden Winter erzählen wollen. Die Blätter ändern ihre Farbe doch bestimmt, ohne dass die Bäume das wissen, oder?«

»Ja, da hast du schon Recht. Bäume haben keinen Willen, weil sie nicht denken können. Tiere können denken. Haben sie eine Sprache?«

Ich schaute Gustav an, der sich noch immer putzte, und ich dachte daran, dass er maunzen, schnurren und fauchen konnte. Und ich dachte an bellende Hunde, grunzende Schweine und brüllende Kühe. Natürlich hatten sie alle eine Art Sprache, wurde mir klar und das sagte ich auch Anna. »Richtig«, stimmte sie mir zu. »Aber im Vergleich zur Menschensprache ist die der

Tiere doch begrenzt. Versuch mal, die Unterschiede zu finden.«

Nachdem ich eine Weile überlegt hatte, sagte ich, dass Gustav wohl auf irgendeine Weise fauchen *musste,* wenn er wütend war. Anna nickte und ich sagte: »Wir Menschen können dagegen lächeln und Komplimente machen, auch wenn wir innerlich kochen. Fauchende Katzen und knurrende Hunde sind eher so wie Menschen, wenn sie erröten. Das passiert einfach und lässt sich nicht lenken.«

Dabei dachte ich an Anna, aber das sagte ich nicht. »Mit anderen Worten, Tiere können nicht lügen«, fügte ich noch hinzu, »und das ist bestimmt ziemlich unpraktisch.«

Anna fand es auch eher praktisch, ab und zu lügen zu können. Ich äußerte mich dazu nicht weiter, schließlich wusste ich ja, dass Anna mich schon mehrere Male belogen hatte. Ich sagte, ich könnte mir nicht vorstellen, dass Tiere über Dinge sprechen, die gar nicht vorhanden waren. Wir Menschen könnten uns hingegen vorstellen, »wenn ich im Lotto gewinne, dann werde ich …«.

Wieder nickte Anna. Und kühn fügte ich hinzu: »Oder was wäre, wenn ich wüsste, woher der angebrannte Geruch kommt und wer …«

Anna fiel mir ins Wort und sagte ernst und entschieden: »Björn-Oskar, es gibt nicht auf alles eine Antwort. Oder besser gesagt, du findest nicht auf alles eine Antwort.«

Dann schwiegen wir eine Weile, bis ich schließlich Lust hatte, mich weiter über Tiersprache zu unterhalten. Anna würde mir ja doch auf ganz bestimmte Fragen keine Antwort geben.

»Tiere haben ja sehr wenige *Wörter*, es gibt also nicht viel, worüber sie sprechen können«, sagte ich und Anna nickte ermutigend. »Ich glaube nicht, dass Gustav mit anderen Katzen darüber diskutiert, was besser schmeckt, Dosenfutter oder frische Mäuse«, fügte ich hinzu und sagte dann noch, dass mir andere Unterschiede nicht einfielen.

»Das war aber schon sehr gut«, lobte Anna. Sie schaute mir lange in die Augen. »Im Laufe unserer Freitage bist du wirklich zu einem kleinen Sprachwissenschaftler geworden.«

Jetzt war ich mit Erröten an der Reihe. Anna lächelte, dann zog sie die Tüte mit den Himbeerbonbons aus der Tasche und steckte sich eines in den Mund. Die Tüte war fast leer.

»In vielen Fällen können Tiere nur über sich selber sprechen«, sagte sie dann. »Wenn Gustav schnurrt, bedeutet das immer: *Ich* bin zufrieden und froh, es bedeutet niemals: *Die Nachbarkatze* ist zufrieden und froh. Aber viele Tiere haben Warnschreie und dann sprechen sie indirekt natürlich doch über andere.«

Sie erinnerte mich auch daran, dass die Wörter der Menschensprache sich aus kleinen Teilen zusammensetzen (die Phoneme heißen, an dieses schöne Wort konnte ich mich noch erinnern) und dass wir deshalb immer, wenn wir welche brauchen, neue Wörter machen können. Die Tiersprache lässt sich nicht in solche Teile zerlegen, soviel wir wissen.

Und nun fingen Annas Ohren an zu glühen und ihre Augen leuchteten auf jene Weise, die ich inzwischen so gut kannte. Wen ich jetzt wohl kennen lernen würde? Einen berühmten Wissenschaftler oder jemanden, mit dem ich mich in Zeichensprache unterhalten könnte? Oder einen sprechenden Gustav?

Ein Schnattern ließ mich herumfahren und da saß der Besuch neben Gustav auf dem Bücherregal. Gustav fauchte und machte einen Buckel. Und plötzlich streckte der Besuch einen unglaublich langen Arm aus, packte die Deckenlampe und schwang sich auf den Schreibtisch meiner Mutter. Dort schnappte er sich lauter Papiere, stopfte sie sich seelenruhig in den Mund, entdeckte dann die Obstschale und nahm sich eine Banane.

Ein Affe! Was in aller Welt hatten Affen mit Sprachwissenschaft zu tun? Ich drehte mich zu Anna um, die lächelte: »Jetzt kommt etwas Seltsames. Vor ungefähr sechzig Jahren versuchte ein Ehepaar in den USA einem Affen die Menschensprache beizubringen. Weißt du, was sie gemacht haben? Sie ließen ein Affenbaby namens Gua mit ihrem Sohn aufwachsen. Sie behandelten das Affenbaby und das Menschenbaby genau gleich. Beide trugen Windeln, bekamen Milch aus der Nuckelflasche und – und das ist das Wichtigste – mit beiden wurde auf dieselbe Weise geredet. Rat mal, was passierte, Björn-Oskar!«

Ich schüttelte den Kopf.

»Aus dem Menschenbaby wurde ein kleiner Junge, der genauso redete wie die anderen Kinder auch. Und aus dem Affenbaby wurde ein richtiger kleiner Affe, der kein einziges Wort sagen konnte.«

»Ach«, ich war enttäuscht.

»Das zeigt, dass Affen deshalb nicht miteinander reden, weil sie keine Möglichkeit haben, es zu lernen. Viki, eine kleine Äffin, konnte allerdings nach drei Jahren drei Wörter sagen, nämlich Mama, Papa und Tasse.«

»Das ist aber auch keine große Leistung«, sagte ich.

»Nein«, sagte Anna. »Und diese Wörter waren noch dazu sehr schwer zu verstehen, weil Affen eine ziemlich unklare Aussprache haben.«

»Und damit wussten sie, dass Affen nicht sprechen lernen können, ja?«, fragte ich. Der Affe verschmierte die Banane auf dem Sofa.

»Der Versuch, ihnen das Sprechen beizubringen, wurde jedenfalls aufgegeben. Affen haben einfach nicht den Mund, die Zunge und die Zahnstellung wie Menschen. Weißt du noch, dass wir darüber gesprochen haben, wie gut der Mund der Menschen zum Sprechen geeignet ist?«

»Sicher«, sagte ich und versuchte mir die Zunge und die Zähne des Affen anzusehen, doch das Vieh hatte den Mund voll Banane, deshalb ging es nicht.

»Affen können niemals menschliche Laute erzeugen, weil ihnen die richtige Ausrüstung dafür fehlt«, sagte Anna. »Es wurde aber versucht, Affen die Zeichensprache der Gehörlosen beizubringen. Andere Affen sollten lernen, Plastikstücke zu Sätzen zusammenzufügen. Gua und Viki konnten nämlich viele Wörter verstehen, auch wenn sie sie nicht selber aussprechen konnten.«

»Das ist fast so wie bei mir«, sagte ich und schaute hinunter zum Fernseher, der nach wie vor lief. »Ich verstehe ziemlich viel, wenn ich im Fernsehen einen englischen Krimi sehe, aber gut sprechen kann ich es trotzdem nicht. Und was wurde aus den Affen, die die Zeichensprache lernen sollten?«

»Ja, hör zu. Der erste Affe, der die Zeichensprache lernte, hieß Washoe. Nach zwei Jahren beherrschte er an die dreißig Zeichen: Zahnbürste, Bonbons, Hut, öffnen, witzig, Blumen, Schuh und noch viele mehr.«

»Gar nicht schlecht.«

»Washoe konnte auch Wörter zu kurzen Sätzen zusammenfügen, nur nahm er es nicht so genau mit der Reihenfolge. Er sagte: Garten gehen und gehen Garten.«

»Ich finde Washoe toll«, ich war wirklich beeindruckt.

»Sicher«, sagte Anna. »Aber du darfst einen wichtigen Unterschied zwischen unserer Sprache und der Zeichensprache, die Washoe gelernt hat, nicht vergessen. Einen Unterschied, der es für Washoe leichter machte, die Zeichen zu lernen.«

»Welcher denn?«

»Die Zeichen, also die Handbewegungen, sind nicht durch Zufall entstanden. Erinnerst du dich an unsere Kuh? Es ist ein purer Zufall, dass die Kuh ›K-uh‹ heißt, nicht? Und ebenso zufällig ist es, dass ein Hut ›H-u-t‹ heißt. Doch dass er in der Zeichensprache dadurch dargestellt wird, dass man sich die Hand auf den Kopf klatscht, das ist kein Zufall.«

»Alles klar«, sagte ich. »Aber was ist mit dem Affen, der mit Plastikstücken sprechen … ich meine, kommunizieren sollte?«

»Das war Sarah. Und um Sarah die Sache noch schwerer zu gestalten, wählte man ganz zufällige Plastikstücke aus. Ganz anders als die Zeichensprache, die Washoe gelernt hat. Das heißt, das Plastikstück, das Banane bedeutete, war nicht gelb und länglich, sondern ein rotes Viereck. Nach sechs Jahren hatte sich Sarah an die hundert Wörter angeeignet.«

Hier wurden wir von dem Affen unterbrochen, der die Blätter von der schönsten Topfblume meiner Mutter rupfte. Anna gab ihm noch eine Banane, die er sofort schälte.

»Ich finde Sarah und Washoe beide tüchtig«, sagte ich und starrte dabei unseren Affen an.

»Ja, unbedingt. Und sie konnten auch ziemlich erfinderisch sein. Washoe nannte die erste Gurke, die er zu Gesicht bekam, ›grüne Banane‹. Aber wenn wir das damit vergleichen, wie sich ein Kind von drei oder vier Jahren ausdrücken kann, dann sehen wir, dass Affen nicht sehr gut *sprechen* können, auch wenn es ihnen mühselig beigebracht wird.«

»Ja, das stimmt wohl.«

»Denk daran, was ein Computer alles kann«, fuhr Anna eifrig fort. »Und daran, wie klug Affen sind. Aber offenbar können weder Computer noch Affen unsere Sprachfähigkeit nachahmen.«

»Heißt das, dass Affen nicht so ein Dings im Gehirn haben wie vielleicht wir?«

»Ja, darauf weist einiges hin«, antwortete Anna. »Affen sind sehr intelligente Tiere. Und wenn Affen nicht besser lernen können, mit Sprache zu kommunizieren, als unsere Beispiele es zeigen, dann können wir annehmen, dass die Sprachlernfähigkeit angeboren und eine Spezialität der Menschen ist.«

Der Affe starrte uns von der Gardinenstange herab an. Gustav starrte aus dem Bücherregal zurück. Und Anna sah mich lange an. Dabei lief sie knallrot an und sagte plötzlich: »Du, Björn-Oskar, ich ...«

Doch ehe sie weitersprechen konnte, klingelte das Telefon. Es war Tom, er wollte mich an unsere Verabredung zum Kino erinnern. Als ich nichts dazu sagte, fügte er hinzu: »Denk daran, Anniken kommt auch.«

»Okay, okay, ich stürze sofort los«, sagte ich und legte auf. Ich drehte mich zu Anna um, die einen Kugelschreiber aus der Tasche gezogen hatte. »Mach's gut, Anna«, rief ich. »Wir sehen uns sicher nachher noch, und wenn nicht, dann bis nächsten Freitag.«

Wer ist Anna?

Ich und Anniken quatschten nach dem Kino noch ziemlich lange. Als ich nach Hause kam, war Anna schon gegangen.

Am Mittwoch machte ich mitten in der Mathestunde eine seltsame Entdeckung. Ich zog mein Norwegischheft aus der Schultasche, weil ich etwas nachsehen wollte. Auf der letzten Seite, ganz unten, stand in kleinen roten Buchstaben: »Anna ist Sprache ...« Das Seltsamste war, dass diese Behauptung mit drei Pünktchen endete. So, als sollte noch mehr kommen. Und was in aller Welt sollte das heißen: Anna ist Sprache? Ob sie mir eine Antwort geben würde, wenn ich sie fragte? Sicher nicht, aber ich könnte am Freitag ja trotzdem einen Versuch starten.

Doch als ich dann aus der Schule nach Hause kam, erzählte meine Mutter, dass Anna Helle nicht mehr hüten könnte.

»Sie hat angerufen und gesagt, sie müsse ganz plötzlich nach Hause fahren.«

»Was?«, rief ich. »Nach Hause?« Ich merkte, wie wichtig Anna für mich geworden war.

»Ja, in ihren Heimatort«, meine Mutter musterte mich überrascht.

»Wo kommt sie denn her?«, fragte ich wütend.

Doch das wusste meine Mutter auch nicht. »Wir werden uns wohl eine neue Babysitterin suchen müssen«, sagte sie nur.

Ich gab keine Antwort.

Meine Mutter war ziemlich verärgert, dass ich ihre Papiere durchwühlt hatte. Ich sagte nichts dazu. Nicht einmal, als sie unter dem Sofa eine halb gegessene Banane fand und fragte, wie die denn dorthin geraten wäre, erwähnte ich Anna oder den Affen.

Ich wüsste gerne, aus welchen Sprachen wir *Sofa* und *Banane* entlehnt haben, überlegte ich, während meine Mutter auf mich einredete. Außerdem hätte ich gerne gewusst, wie Anna zukünftig ihre Freitage verbringen würde. Und wie es ihr ging. Ob sie noch immer so oft rot wurde. Ob sie nach wie vor so seltsam war. Und so nett. Ob sie manchmal an mich dachte.

Ich war sicher, dass die Freitage von nun an sterbenslangweilig sein würden. Es ist einfach nicht so aufregend, die ganze Zeit Fußball zu spielen. Nur gut, dass ich Anniken hatte. Sie sah Rosamaria ein bisschen ähnlich, nur war Anniken noch deutlich hübscher.

»Nein, ich habe doch schon gesagt, ich weiß nichts von der Banane«, sagte ich zum zehnten Mal, dann ging ich auf mein Zimmer und knallte mit der Tür.

Es war wieder Freitag. Der erste annalose Freitag. Trond, unser neuer Babysitter, brachte gerade Helle ins Bett. Ich seufzte und ging auf mein Zimmer. Ich setzte mich an den Schreibtisch und seufzte noch einmal.

Dann dachte ich an alles, was ich und Anna zusammen erlebt hatten. Ich dachte an alle Menschen, die Anna an ihren Freitagen herbestellt hatte: zuerst Gunnleikr, dann Otto aus Deutschland, Nicolas mit seiner Baguette, Nick, der mit Anna getanzt hatte, Ivar Aasen, Elena und Augustus, Veera mit den kurzen blonden Haaren und den kleinen Ümit. Und natürlich Rosamaria. Ich zog ein Heft aus meiner Schultasche und sah, dass es das Norwegischheft war. Das mit dem seltsamen halben Satz. Ich schlug die letzte Seite auf und las ihn noch einmal, aber das half mir auch nicht weiter.

Ich kaute auf meinem Bleistift herum. Und weil ich mich langweilte, schrieb ich die Namen aller Leute auf, die mir und Anna begegnet waren. Ich hörte, wie Trond im Badezimmer mit Helle plapperte. Ich seufzte und schaute aus dem Fenster. Dann sah ich wieder mein Heft an. Zwei Namen fingen mit A an, zwei mit N. Daraus ergab sich *Anna*. Ich seufzte noch einmal. Dann fragte ich mich, wo Anna stecken könnte. Ich schaute wieder in mein Heft und kritzelte in der Ecke herum. Alles war so langweilig. Aasen, Nick, Nicolas und Augustus ergaben Anna. Ich setzte mich aufrecht. Vielleicht war das kein Zufall? Vielleicht ergaben die übrigen Anfangsbuchstaben Nomen? Nein, taten sie nicht. Die Namen, die ich noch übrig hatte, waren Rosamaria, Ivar, Gunnleikr, Otto, Elena und Veera.

Veera und Ivar, V und I, das konnte *vi* ergeben, also *wir* auf Norwegisch. Und plötzlich sah ich, dass die Anfangsbuchstaben einen norwegischen Satz bildeten: Og vi er Anna. Und wir sind Anna.

»Und wir sind Anna«, sagte ich laut. »Das klingt wie die Fortsetzung von irgendetwas.«

Ich schlug wieder die letzte Seite in meinem Heft auf und las noch einmal die Mitteilung, die mit den drei Pünktchen endete: »Anna ist Sprache ... und wir sind Anna.« Was sollte das wohl bedeuten?

Ich stützte den Kopf in die Hände und versuchte zu denken. Versuchte die Stücke, die ich hatte, zusammenzusetzen. »Anna ist Sprache.« Bedeutete das, dass Anna so viel über Sprache und Sprachwissenschaft gelernt hatte, dass sie zu dem geworden war, was sie gelernt hatte? Oder vielleicht war sie niemals etwas anderes gewesen? Oder vielleicht ...

Ich schüttelte den Kopf. Das war doch verrückt, aber vielleicht stimmte es ja trotzdem. Vieles an Anna war doch ziemlich verrückt. Keine andere war so wie Anna. Anna war wirklich etwas ganz Besonderes.

»Und wir sind Anna.« Ich dachte daran, wie Anna und die anderen sich versprochen und »wir« gesagt hatten statt »ich«. Ich hatte gedacht, dass Anna, Gunnleikr, Rosamaria und die anderen vielleicht alle zum selben geheimnisvollen Volk gehörten. Aber vielleicht war Anna ganz einfach Gunnleikr, Otto, Nicolas, Rosamaria und alle anderen auf einmal?

Vielleicht hatte Anna Gunnleikr, Rosamaria und die anderen nur gebraucht, um mir alles besser beibringen zu können? Und Rosamaria war dann gar nicht Rosamaria, sondern ein Teil von Anna.

Hatten die anderen Annas deshalb zur Vorsicht gemahnt? Hatten sie befürchtet, sie könne hier bleiben wollen? Hier bei mir?

Ich schloss die Augen und versuchte vernünftig nachzudenken. Versuchte die einzelnen Stücke zusammenzufügen.

Sprache ist nichts, was man anfassen oder befühlen kann. Es ist etwas ... Abstraktes, hätte Anna gesagt. Wenn Anna die Sprache ist, dann ist Anna keine Person, sondern eher ein Ding. Oder vielleicht viele Dinge? Denn Sprache ist vieles, das weiß ich jetzt. Aber ich bin Anna doch begegnet. Und Anna ist ein Mensch, ein seltsamer Mensch zwar, aber eine Person, kein Ding. Oder vielleicht ist sie beides? Ein – Spruk? Dieses Wort war plötzlich in meinem Kopf aufgetaucht. Ich musste lachen, ich hielt »Spruk« für ein ziemlich witziges Wort. Und ich war mir sicher, dass es auch Anna gefallen hätte.

Plötzlich fiel mir ein, was ich in der Bücherei über Annas Namen erfahren hatte. Ich versuchte weiter zu denken, das war doch wirklich alles verrückt. Ich musste vernünftig überlegen. Oder war vielleicht gerade das genau das Falsche?

Dann fiel mir ein, was in kleinen roten Buchstaben auf einer von Rosamarias letzten Karten gestanden hatte. Ich suchte sie heraus und las sie noch einmal: »Wir sind nichts ohne euch. Aber ihr seid nicht viel ohne uns.« Sofort verstand ich die Worte etwas besser. Denn Sprache ist doch nichts ohne Menschen. Das konnte ich verstehen. Wenn mit der Sprache nicht gesprochen, geschrieben, gedacht, gespielt wird, dann hat sie keinen Sinn. Sprache existiert, weil wir sie benutzen. Und vielleicht gilt das auch umgekehrt? Wir Menschen wären vielleicht nicht sehr viel wert, wenn wir keine Sprache hätten.

Ich nahm mir die nächste Karte vor und las noch einmal das seltsame Gedicht:

Wir sind die Gedanken, die du denkst.
Wir sind die Wörter, die du schreibst.
Wir sind eins und wir sind viele.
Wie sind Bücher, Gedichte und Briefe.
Wer sind wir?

Diesmal konnte ich das Rätsel problemlos lösen. Die Karte stammte sicher von Gunnleikr, Rosamaria, Elena und den anderen. Oder von Anna selber. Aber das kam vielleicht auf dasselbe heraus. Irritiert schüttelte ich den Kopf. Die Lösung des Rätsels aber musste lauten: *Wir sind die Sprache.* Ich las das Gedicht noch einmal. Es stimmte. Und die Zeile »Wir sind eins und wir sind viele« bedeutete sicher ungefähr dasselbe wie die zweigeteilte Nachricht: »Anna ist Sprache ... und wir sind Anna.« Oder vielleicht sollte es heißen, dass es auf der Welt einfach viele hunderte von unterschiedlichen Sprachen gab, die sich im Grunde doch in vieler Hinsicht sehr ähnlich waren.

Doch wenn Anna ein Spruk oder wenn sie die Sprache war, war sie dann immer schon bei mir gewesen? Oder in mir? Vielleicht war das, was ich und Anna erlebt hatten, in Wirklichkeit gar nicht geschehen? Vielleicht handelte es sich nur um chemische Reaktionen und elektrische Impulse in meinem Gehirn? Vielleicht war alles nur pure Phantasie, vielleicht hatte ich es geträumt? Plötzlich wusste ich, dass das, was ich und Anna zusammen erlebt hatten, jetzt nirgendwo mehr war, nur noch in meinen Gehirnzellen, egal, ob sie mir in Wirklichkeit begegnet oder ein Traum gewesen war. Traum oder Wirklichkeit, was vorüber ist, findet sich nur noch als Erinnerungen im Gehirn.

War es nur ein Traum gewesen? Außer mir, ja, und außer Helle, hatte doch niemand gesehen, dass Anna Tiere und Menschen herbeizaubern konnte. Vielleicht hatte ich mir alles ja nur eingebildet?

Doch die Banane, die meine Mutter unter dem Sofa gefunden hatte, die war pure Wirklichkeit, und die drei Karten von Rosamaria lagen vor mir auf dem Tisch neben meinem Norwegischheft. Außerdem wusste ich allerlei über Sprache und Linguistik, wovon ich vor einigen Monaten noch nie etwas gehört hatte. Und obwohl ich gelesen hatte, dass Wissen nur aus elektrischen Ladungen oder was auch immer bestand, so musste dieses Wissen doch irgendwo hergekommen sein. Egal, wer oder was Anna war.

Anna konnte also nichts sein, was ich mir nur eingebildet hatte. Ich glaubte langsam, dass sie wirklich ein Spruk sein musste. Und die roten Himbeerbonbons – was war mit denen? Am ersten Tag war die Tüte ja nicht mehr voll gewesen. Also war Anna vielleicht schon häufiger in unsere Welt gekommen und hatte auch anderen Unterricht gegeben. Auf jeden Fall hatten die Bonbons ihr das Herkommen ermöglicht, und als sie keine mehr hatte, musste sie in ihre eigene Welt zurückkehren. Davor hatten Augustus, Otto und die anderen möglicherweise solche Angst gehabt. Dass sie mir vielleicht nicht alles beibringen könnte, ehe die Bonbons zur Neige gingen. Ich hörte wieder, wie Augustus sagte: »Erfüll deine Bestimmung, Anna. Aber nicht mehr.«

Und was, wenn sie das nicht schaffte? Ob es ihr gelungen war?

Und was war mit dem Geruch, diesem seltsamen angebrannten Geruch? Ich wusste es nicht. Wahrscheinlich werde ich es nie erfahren. Ich versuchte vernünftig und unvernünftig nachzudenken. Ich wusste nicht, wie es im Kopf eines Spruks aussah. Vielleicht war zum Zaubern besonders starke Gehirnaktivität nötig oder wie das auch immer hieß, vielleicht rochen die elektrischen Zauberimpulse im Kopf eines Spruks ja ein wenig angebrannt?

Ich schaute wieder die roten Buchstaben in meinem Norwegischheft an. Rot, ja. Mir kam ein Gedanke. Vielleicht hatte Anna mich ausgeguckt, weil ich rote Haare hatte? Ich war mir nicht sicher. Vielleicht hatte Anna sich für mich entschieden, weil sie wusste, dass ich alles, was sie mir beibrachte, aufschreiben könnte, um es an andere weiterzureichen? Da hatte sie immerhin Recht. Das hatte ich nun geschafft. Ich hatte fast das ganze Papier verbraucht.

Was Anna jetzt wohl macht? Ob sie manchmal an mich denkt?

Ich stehe auf, um einen Spaziergang zu machen. Ich muss noch mehr nachdenken. Doch hinten in der Ecke beim Fenster fällt mir etwas auf, ich bin sicher, dass es vorhin noch nicht dort gelegen hat: Annas riesige Tüte mit den Himbeerbonbons. Ich hebe sie hoch. Bonbons sind keine mehr drin, aber unten liegt ein zusammengeknülltes Stück Papier. Ich halte die leere Tüte in der Hand. Wäre Anna wohl noch hier, wenn ich das eine Bonbon nicht gegessen hätte?

Ich ziehe den Zettel heraus. Er ist klebrig und riecht nach Himbeeren. Ich schnuppere daran. Riecht er nicht auch ein wenig angebrannt? Langsam falte ich ihn auseinander, es ist ein Brief von Anna:

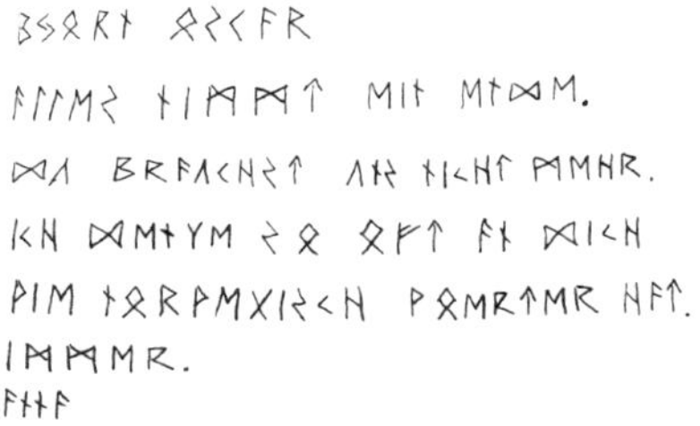

Lange sitze ich noch an meinem Schreibtisch. Trond klopft mehrere Male an die Tür und sagt, ich solle doch schlafen gehen. Ich nicke jedes Mal, bleibe aber sitzen. Ich lese das, was in meinem Norwegischheft steht, ich starre die Runen und die roten Sätze auf den Postkarten an, wieder und wieder. Noch ein Mal und noch ein Mal und noch ein weiteres Mal.

Wieder wird an die Tür geklopft. Trond schaut herein und sagt, ich solle mich endlich in die Falle hauen. Diesmal stehe ich auf und gehe ins Badezimmer. Dann ziehe ich mich aus, lege mich ins Bett und knipse die Nachttischlampe aus. Als ich den Kopf aufs Kissen lege, spüre ich, dass etwas darunter liegt. Ein dicker Stapel weiße, neue Blätter.

Einige der Bücher, die Anna in ihrer großen Tasche hatte . . .

Jean Aichtison: Der Mensch, das sprechende Wesen, Tübingen, 1982
Hermann Bausinger: Deutsch für Deutsche, Frankfurt am Main, 1972
Karl D. Bünting: Einführung in die Linguistik, Weinheim, 1996
Els Oksaar: Sprachen im Vorschulalter, Stuttgart, 1987
Jacob Grimm: Deutsches Wörterbuch, München, 1984
Thomas Hengartner/Jürg Niederhauser: Phonetik, Phonologie und phonetische Transkription, Aarau, 1992
Martin Luther: Sendbrief vom Dolmetschen, Tübingen, 1964
Jules Marouzeau: Das Latein, München, 1969
Sandra Pesch: Brunaold, haugsold und kirkjuhold, Frankfurt am Main, 1996
Vittore Pisani: Die Etymologie, München, 1975
Anton Scherer (Hrsg.): Die Urheimat der Indogermanen, Darmstadt, 1968
Wilhelm Schmidt: Deutsche Sprachkunde, Berlin/DDR, 1964
Oswald Szemerényi: Einführung in die vergleichende Sprachwissenschaft, Darmstadt, 1996
Gerhard Wahring: Deutsches Wörterbuch, Gütersloh, 1996

. . . und zwei nützliche Internetadressen, die zu vielen Wörterbüchern und Informationen über Sprachen aus aller Welt führen:
smo.uhi.ac.uk/saoghal/mion-chanain/
und
facstaff.bucknell.edu/rbeard/diction.html.